魔力のないオタク令嬢は、次期公爵様の一途な溺愛に翻弄される

JN012151

ティアラブックス

Character

ミロスワフ・サンミエスク(22)

王族にも近い公爵家の嫡男。イケメンで家柄もよく、令嬢憧れの的だが、アリツィア以外の異性に一切興味がない。20歳のときにアリツィアにプロポーズしたが、帳簿に夢中であることを理由に返事を保留にされてしまう。

アリツィア・クリヴァフ(18)

伯爵令嬢。父が経営するクリヴァフ商会の経理を担当する帳簿オタク。魔力がなくても幸せだが少し引け目に感じることもある。社交界に滅多に出ないこともあり、クールビューティーと言われているが華やかな場所が苦手なだけ。

イヴォナ・クリヴァフ(16)

アリツィアの妹。明るくしっかり者で、姉を常に支えている。慌てると思ったことを全部口に出してしまう、うっかりな面もある。

カミル・シュレイフタ(16)

次期大魔力使《クリャートン》いと噂される天才魔力使い。気まぐれで子どもっぽい言動が多く、アリツィアを振り回している。人に心を開かないがアリツィアにだけは懐く。

ラウラ・ジェリンスキ(18)

公爵令嬢。魔力がないのに美しさで注目を集めるアリツィアを敵視していて、度々マウントをとってくる。アリツィアが社交界嫌いになった原因。

スワヴォミル・クリヴァフ(42)

アリツィア、イヴォナの父。貴族では珍しく商人の娘と大恋愛の末、結婚した。妻を亡くしてからはより一層娘を愛し、幸せを願うよき父。

Contents

第1章　父からの二者択一

その日のお茶の時間、クリヴァァフ伯爵家当主スワヴォミルは、長女アリツィアににこやかに言い放った。

「アリツィア、君ももう十八だ。そろそろ結婚した方がいいと思って縁談を用意したよ」

「はい？」

――またそんな唐突に。

父親の思い付きからの行動には慣れていたアリツィアだったが、これにはさすがに驚いた。

だが、貴族の娘の適齢期からすれば、早過ぎる訳でもない。

まずは話を聞いてみようとアリツィアは、手にしていたカップとソーサーをテーブルの上に戻し、スワヴォミルに向き合った。

「正直、まだ結婚したいとは思えないのですが、お父様がどんな方を選んでくださったのか興味はありますわ」

スワヴォミルは頷《うなず》きながら、傍に控えていた執事のウーカフに合図を送る。

「これへ」

ウーカフが厳かな態度で肖像画を運んできた。

はらり。

誰の手も触れていないのに、かけられていた布がゆっくりと外れていく。

――お父様が魔力を使っていらっしゃる⁉

その事実にアリツィアは緊張した。いつものスワヴォミルならこんなことで力を誇示したりしない。縁談の相手がよほど優れた人で敬意を払っているのだろうか。直接手で触れることをためらうような。

「見てごらん」

父の声に、アリツィアは息を止めて肖像画に目を向けた。

「あれ？」

偉そうでも怖そうでもなかった。描かれていたのは、アリツィアの予想以上に弱々しい、痩せた白髪の老人だ。

「これはまた……人生経験が豊富そうな？」

アリツィアは言葉を選んで感想を述べた。スワヴォミルは頷く。

「ジョバンニ・ムナーリ。ムナーリ商会の会長だ。アリツィアも名前くらいは知っているだろう」

アリツィアは目を丸くした。

「まさか、ベネツィアの貿易王の？」

「その通り」

「質問してもよろしいでしょうか？」

「もちろん」

「こちらのお孫さんが縁談の相手ですのね？　何かの事情でお孫さんの姿絵が間に合わなくて代わりにこれを。そういうことですね？」

頼むからそうであってくれと、すがるように聞くアリツィアに対して、スワヴォミルは軽快に答えた。明らかにこの状況を面白がっている。

「いいや？　正真正銘、この人がアリツィアの婚約者候補だよ。お前より四十歳上だったかな？三回結婚しているが今は独身だ。前の奥方たちとの間に子供と孫がいる。商人だから魔力はないね」

「それでは嘘や冗談でなくこちらが本当にわたくしの婚約者候補……？」

「そうだよ」

「お断りします」

「早いね」

「いくら政略結婚でもこれはありません！　お父様よりも年上で、もはやお祖父様じゃないですか」

「嫌なの？」

「嫌です」

「じゃあ、自分で相手を見つけなさいね」

「うっ」

痛いところを突かれてアリツィアは思わず固まる。スワヴォミルは容赦なく続けた。

「私だって可愛《かわい》い娘を道具のように扱いたくないよ？　アリツィアが自分で殿方を見つけてくれれば、向こうがどんなに嫌がっても裏から手を回して結婚させてやろうと思っていたぐらいなんだ」

「そんなこと考えていらっしゃったんですか？　嫌がってもって⁉　どんな手を使う気だったんですか⁉」

「まあいろいろ。なのにお前ときたら、社交界が苦手だとか言って、私の仕事を手伝ってばかり。いや、ありがたいよ？　ありがたいけど、帳簿付けにハマって婚期を逃したら責任感じるじゃないか。申し訳ないなー、みたいな？」

「責任の感じ方が軽い……」

「で、結婚だよ。一般的な貴族なら、もっと高位の貴族に娘を嫁がせたりするんだろうけど、うちは魔力の多寡にこだわらないじゃん？　だから思い切って商人との結婚はどうかなと思って」

スワヴォミル自身はかなりの魔力持ちなのだが、ある日、商人の娘ブランカと運命的な出会いを果たし、身分差を超えた結婚をしたため、貴族でありながら娘たちに魔力はない。

それならいっそ魔力にこだわらない生活をしようと、これまた貴族にしては珍しく商売に力を入れており、領地経営とは別に金融と貿易を扱っていた。ブランカが十年前に亡くなってからは、アリツィアがそれを手伝っている。

当初は子どもだったこともあり、書類整理ぐらいしか手伝えなかったアリツィアだが、自分で見聞を広め、最近では新しい提案もできるようになった。特に、この前から採用した新しい仕組みの帳簿付けはかなりの良案で、わかりやすく利益が把握できるとスワヴォミルも満足だ。

アリツィアは、再びカップを手にした。

「正直、社交界に出るより、帳簿に向かう方が楽しいんです」

「私としてはかなり助かっているんだよ、それはわかってほしいんだけど、このままじゃ、いつまでお姉様をこき使うつもりだって、私がイヴォナに怒られるからねえ」

「……この場所にイヴォナがいないのはなぜかと思っていましたけど」

「〝わたくしが口を挟んだら、二人とも叱り飛ばしてしまうから遠慮する〟だそうだ」

アリツィアが仕事面で母の代わりをしているとしたら、二歳年下の妹のイヴォナは家政面で母の代わりをしている。イヴォナが少々、アリツィアに対して心配性なことを除けば、姉妹仲はよくお互いの役割を尊重しており何の問題もなかった。

「たまにどちらが姉かわかりませんものね……イヴォナの気持ちには応えたいんですけど」

「じゃ、ムナーリ翁と結婚する？」

「嫌です」

「早いね」

アリツィアはため息をついた。

「ムナーリ様が悪いわけじゃありません。四十歳年上の人と幸せな結婚生活を送る人もいらっしゃると思います。ただわたくしは……」

――わたくしは、わたくしには。

その続きをどう話そうか考えていると、スワヴォミルが先に口を開いた。

「アリツィア、ただ嫌というだけじゃ誰も納得しないよ」

その穏やかな表情を見て、アリツィアは悟った。あ、これ逃げられない、と。

伊達に畑違いの分野で結果を残してきたわけではない。スワヴォミルはときに、冷酷なほど的確な判断を下すのだ。

今もためらいなく選択を迫る。

「ムナーリ翁と結婚するか、自分で相手を見つけてくるか。どちらかにしなさい。この社交シーズン中に」

「短っ！　短すぎます！　そんな短期間で見つけられません」

「そのときはムナーリ翁と結婚したらいいじゃないか。何の問題もない。ウーカフ、あれを」

ウーカフが一枚の紙をアリツィアに手渡した。スワヴォミルが説明する。

「シーズン中、声がかかっている夜会や舞踏会、お茶会のリストだよ」

「これに参加して相手を探せ、と？」

「サーヴィスだ。親心だよ。もちろん貴族じゃなくて商人でもいいけど」

魔力の強さが権威の象徴であるこの国で、クリヴァフ伯爵家は貴族の中で唯一と言っていいほど、魔力に頼らない生活をしている。だからこそ、娘の結婚相手に商人をという発想にもなるのだ。

ここにきてアリツィアはようやく決意した。どちらかを選ばなくてはいけないことを。四十歳年上の異国の商人との結婚か、苦手な社交界、あるいはそれ以外の場所で見つけた誰かとの結婚か。

――両方とも難易度高い!!

だが、こうなったら腹をくくるしかない。アリツィアはリストを手に父を見つめた。

「わかりました」

「いい婿を頼むよ」

アリツィアは最後にひとつだけ、ずっと気になっていたことを口にする。

「お父様、先ほど……肖像画の布をウーカフにさせるのではなく、ご自分の魔力で外したのはなぜですの?」

この父親が意味のないことをするはずがない。そう思ったアリツィアだったが。

「ああ、あれかい?」

スワヴォミルはあっさり答えた。

「ウーカフが最近肩を痛めていてね。高いところに手を伸ばすのがつらそうだから」

「旦那様のご配慮に感謝いたします」

ウーカフがうやうやしく頭を下げる。

「そ、そうなの!?　それだけ？」

「何だと思っていたんだ？」

「いいえ……ウーカフ無理しないでね」

「ありがとうございます」

とはいえ、用心深いこの執事が肩を痛めるなんてことあるだろうか、とアリツィアは内心首を捻《ひね》る。仮にそうだったとしても、主人の手を煩わすくらいなら無理をして手を伸ばすことを選びそうだ。

アリツィアはハッとする。

――もしかしてあれもお父様の演出？　だとしたら何のために？

アリツィアを苦手な社交界に飛び込ませるために。もっと言えば、自発的に結婚に踏み切らすために。

――やられた！

悔しさを誤魔化すように、アリツィアはお茶を飲み干した。何を考えているのか、スワヴォミルはそんなアリツィアを微笑みながら見つめている。

と、どこからか声がした。

「お話はまとまりましたか？　それではお姉様、お針子を待たせているのでこちらへ」

妹のイヴォナがいつの間にかすぐ近くに立っていたのだ。

「イヴォナ⁉　あなたいたの？　どこに？」

イヴォナは澄ました顔で部屋の隅を指す。

「そこの壺《つぼ》の後ろよ」

「遠慮するんじゃなかったの？」

「だから、口を挟まないようにしていましたわ。さ、早く」

問答無用で、イヴォナはアリツィアを連れ出した。スワヴォミルはそんな姉妹を、にこやかに見送った。

❦　❦　❦

「ドロータ。あの深みのある深紅のドレス、お姉様の色の白さを引き立てて最高だったと思わない？」

「はい、控えめに言って最高の最高でした。なのでイヴォナ様。髪飾りは赤い薔薇《ばら》でどうでしょう？　アリツィア様のブルネットがさらに映えるかと」

「それ採用」

結婚相手を探すのはアリツィアなのに、張り切ったのはイヴォナとアリツィア付きの侍女ドロータだった。

アリツィアの採寸が終わり一通りドレスを注文した後も、アリツィアの部屋で盛り上がるくらい張り切っている。

「ねえ……着るのはわたくしよ？」

一応口を挟むアリツィアだったが、すぐに却下された。

「だって、お姉様にお任せしたら、絶対に地味なドレスになりますもの」

「そうです、アリツィア様。こういうときはやはり派手にいきましょう」

アリツィアは諦めた。

「……あっちでリストの整理をしているから、何かあったら呼んで」

少し離れた書き物机に向かって、スワヴォミルから受け取ったリストに目を通す。羽根ペンを手に、どの舞踏会がどんな規模なのか書き出した。

「大きな舞踏会ばかりね……つまり大勢の人が出席している……キラキラした人たちがキラキラした会話を楽しむ舞踏会……ぐむ」

アリツィアが頭を抱えている様子を見ながら、イヴォナがドロータに囁《ささや》く。

「ねえ、ドロータ。つくづくもったいないわよね。我が姉ながらかなりの美女だと思うんだけど」

「おっしゃる通りですイヴォナ様。あの憂いのある横顔からは、趣味が帳簿付けだとはわからないでしょう」

「今もずっとハマっているの？」

「はい、各支店から届けられる帳簿はアリツィア様が目を通していらっしゃるのですが、えげつない量のそれを、いかにも楽しそうに手を付けていかれるのです」

「変態よねえ」

「あなたたち！　聞こえているわよ！」

アリツィアがたしなめると、きゃはは、と淑女らしからぬ楽しそうな笑い声が上がる。

イヴォナとドロータがアリツィアの幸せを願っていることはアリツィアだってわかっている。だが慣れないことをする前は、やはり気持ちが重くなるものだ。

「めんどくさい……」

つい本音が漏れる。

「あらあら〝吹雪の薔薇〟とあろう人が」

「やめてよ、その呼び方」

外見からの勝手なイメージで、アリツィアは社交界で、〝吹雪の薔薇〟と呼ばれていた。ブルネットの髪、白い肌、深い緑の瞳が冷たい吹雪を、その美しさが薔薇を連想させるとのことだ。

「聞くたびに、なんだそりゃって思うのよ。その点、イヴォナの〝陽だまりのスイートピー〟はいいわよね、わかりやすくて」

「ええ気に入ってます」

柔らかな金の髪と青い瞳、常に笑顔でいることからイヴォナは〝陽だまりのスイートピー〟と呼ばれていた。母ブランカに似ているアリツィアと、父親似のイヴォナ。姉妹はそれぞれ魅力が違う。

「それよりお姉様、人前に出ると緊張する性分は変わらないんでしょ？　どうなさるおつもり？」

「仕方ないわ。ガチガチに震えながらでも行くしかないでしょうね」

「あら？　意外と平気そう」

「そんなわけないでしょう……あああああっ‼　怖いっ‼」

アリツィアは胸の前で手を組んだ。

「華やかな場所に出ると、こう、言葉がうまく出なくなるのよね……怖いわ……怖すぎる……いっそ森の木か何かになりたい。視線を素通りされる方がよほどましだもの」

「お姉様をそんなふうにさせた連中を今でも張り飛ばして差し上げたくなりますわ」

「いいのよ、イヴォナ。わたくしが世間知らずだっただけですもの」

アリツィアも最初から社交界が苦手ではなかった。年頃の娘らしく、わくわくしてその世界に飛び込んだのだ。

けれどそこで目の当たりにしたのは、貴族でありながら魔力のないアリツィアを陰でこっそり揶揄《やゆ》する人たちの存在だった。

『商人の娘と結婚した変わり者のクリヴァフ伯爵の娘』

『魔力もない出来損ない』

アリツィアが聞いているとは思わなかったのだろう、その貴族たちは嫌な笑顔を浮かべて、ひとしきりスワヴォミルやアリツィアをこき下ろしていた。それはまだ子どものアリツィアに十分な衝撃を与えた。

それ以来アリツィアは、舞踏会や夜会に極力参加しなくなった。目の前の人が何を喋《しゃべ》っていても内心は違うかもしれないと怖くなったのだ。

ちなみに、アリツィアから話を聞いたスワヴォミルは、イヴォナのデビューの際には細心の注意を払った。そのおかげでイヴォナにはそれほど社交界に苦手意識はない。妹だけでも華やかな世界を楽しんでくれていることに、アリツィアは安堵《あんど》したものだ。

「でも、お姉様が社交界にあまり出ないおかげで、神秘的な魅力が高まっているのも事実ですものね」

二つ名が付くことからわかるように、魔力のなさを揶揄される一方で、アリツィアとイヴォナは美人姉妹としても有名だった。ことに、あまり社交界に現れないアリツィアはクールビューティーの権化のように思われている。どうしても欠席できないものにだけ顔を出し、背筋だけ伸ばして微笑《ほほえ》んでさっと帰るのだが、それが粋に映るらしい。

「結局は皆、言いたいように言うのよね」

アリツィアからすれば帳簿に向かう方が楽しいことに変わりない。ため息をつくと、イヴォナがアリツィアの手元を覗き込んで明るく言った。

「それで、お姉様に参加してもらえる幸運な舞踏会はどこですの？」

「これよ」

アリツィアが差し出した紙を受け取ったイヴォナは、瞳を輝かせた。

「なるほど。最初は、サンミエスク公爵の舞踏会に出る、と。後継のミロスワフ様が大陸の大学を首席で卒業して王都に戻って来たお祝いですものね……規模といい、内容といい、実質これがシーズン中で一番の目玉でしょう。ドロータ、張り切るわよ」

「いつ開催ですか？」

「もうすぐよ。ドレスが間に合いそうでよかった」

イヴォナは、アリツィアに向かって力強く頷いた。

「お姉様、安心してください。わたくしとドロータでできる限りの下準備はします。あとは当日のお姉様の頑張り次第ですわ」

イヴォナの満面の笑みを見つめたアリツィアは、先ほどから言いかけたことをまた飲み込んだ。

——言わなくちゃ。

——わたくしのためにここまでしてくれる二人に、本当の気持ちを打ち明けなくちゃ。

アリツィアはゆっくり息を吐いた。

「あのね、イヴォナ、ドロータ。助けてもらうのは今回だけで大丈夫よ。二人ともありがとう」

くわっ、と音がしそうなくらい目を見開いて、イヴォナとドロータが振り返った。

「どういうことですか、アリツィア様？」

「お姉様、ドレスを使い回すなんて許しませんわよ？」

「え、二人とも怖い怖い怖い。そうじゃなくて。えっとね？」

アリツィアは立ち上がり、父からもらったリストを持ち――。

びりっ……びりっ。

両手で思い切り、裂いた。

イヴォナとドロータがぽかんとした表情で固まっている。

「こういうこと」

アリツィアはにこやかに告げた。イヴォナが聞く。

「つまり、他の舞踏会には出ないってこと？」

「そう。この舞踏会の情報はもう書き写したし……これしか出ないからドレスは一着でいいわ」

「あの……お姉様？　確かに、お姉様に求婚されて断る男性などおりませんけど、危機回避は必要では？　多くの出会いを求められるように、いくつかの舞踏会に顔を出した方がいいと思います」

ドロータが力強く同意する。

「イヴォナ様のおっしゃる通りです！　アリツィア様に好意を抱かない殿方などいらっしゃいませんけど、念のため、いろんなところにご参加された方がいいのではないでしょうか？」

アリツィアはどこから説明しようかと少し悩んだ。その沈黙を引き取ったのはイヴォナだ。

「え？　え？　もしかしてそういうこと？　まさか！　お姉様！」

よかった、通じた。

そう思ったアリツィアは照れくささを浮かべながら微笑んだ。

「そうなの。もうずっと、心に決めた人がいるの」

「まさか、その人にこの舞踏会で？」

「ええ。わたくしから結婚を申し込むつもり」

「え？　え？　お姉様から殿方に？」

家と家の結び付きを重視して、親が政略結婚を決めるのがまだまだ多数派の貴族社会で、商人との結婚を用意したり、娘の決めた相手でいいと言ったりするスワヴォミルもかなり破天荒だが、女性から男性に結婚を申し込むというのはそれを上回る破天荒さだった。

イヴォナとドロータが口々に叫ぶ。

「誰？　誰？　誰？」

「どなたなんですか？　アリツィア様」

頬《ほお》が熱くなったアリツィアは、すとん、ともう一度書き物机の前の椅子に腰掛けた。

「それは……恥ずかしいから内緒にさせて」

「できません！」

「そうよ、お姉様！　大体、お姉様ほどの方が、なぜこちらから申し込まなくていけないの？」

侍女と妹の剣幕に押されたアリツィアは、少し悩んでから説明した。

「……正確には、一度申し込まれているの」

「えええええ」

「いつの間に！」

「でも、そのときのわたくしは帳簿に夢中なのと恥ずかしさで、すぐにお返事ができなくて」

「今もそうじゃない」

「う、うん……だから、改めて確認しようと思うの。待たせてしまったのは申し訳ないけど、やっぱりその方以外とは結婚を考えられない。だから、相手を明かすのはその後まで待って欲しいの」

ドロータが思い切ったように尋ねる。

「あの、その、でも、その、そんなことはあり得ないと思いますが、仮に万が一、もしかしてその方にお断りされたらどうされるおつもりですか？　あ、もちろん、そんなことしたら許しませんけど」

アリツィアはほんの少しだけ、眉を下げた。

「そのときは、生涯独身で生きていける方法がないか探します」

「退路を断ちすぎじゃありません？」

「その……大商人様との結婚は？」

「しません。あの人とじゃなければ」

「きゃああ」

なぜかイヴォナがソファのクッションに顔を埋めて足をジタバタしだした。その隣でドロータがうっとりした目つきで立っている。クッションの下からイヴォナのくぐもった声がした。

「今まで浮いた話のないお姉様の恋愛話、尊い……」

「わかります、イヴォナ様。私もさっきから感動して」

がばっと顔を上げたイヴォナは、ドロータと手を合わせた。

「ドロータ、今はその方のお名前を出したくないというお姉様の気持ちを尊重しましょう！　その代わり、なんとしてでも実らせるわよ！」

「はい！」

「え？　二人とも待って。これ以上はもう何もしなくて大丈夫よ？」

「わたくしたちの力で、お姉様を会場内で一番目立つ美女に仕上げましょう」

「当然です！」

「いやいやいやいや、目立ちたくな」

「そうとなると、ドロータ！　計画を一から練り直しましょう！」

「はい！」

「一から？　最初から？　どうして？」

アリツィアの叫びは届かず、直ちに呼び戻されたお針子たちとともに、最高級に最高級を重ねたドレス作りがもう一度検討し直されたのであった。

そうして迎えたサンミエスク公爵の舞踏会当日。

馬車から降りるアリツィアの装いは、一分の隙もなかった。

イヴォナがスワヴォミルにだけ聞こえるように囁く。

「お父様、ご覧になって？　さっきのお小姓、アリツィアお姉様に見とれて動きが止まっていましたわ」

「イヴォナとドロータのおかげだね」

「ふふふ」

肝心のアリツィアはずっと無言だった。緊張しているせいか動きまでぎこちない。けれど、髪の毛のほつれ具合までイヴォナとドロータの計算の上に成り立っている今日のアリツィアは、すでに会場中の注目の的だった。

アリツィアの伏せる睫毛《まつげ》の影や、小刻みに揺れるドレスの裾に合わせて殿方が目を見開き、令嬢たちがうっとりとしている。

と、先ほどとは違う従僕がスワヴォミルに近付き、何かを耳打ちした。二、三言会話した後、スワヴォミルは娘たちに告げる。

「肝心の主役がまだ到着していないそうだ。君たちはここで待っていてくれるかい？　私は少し、挨拶回りに行ってくる」

「わかりましたわ」

答えたのはイヴォナだ。アリツィアはさっきからずっと大理石の模様を眺めて固まっている。

「ま、父親が傍にいない方が都合いいこともあるだろうしね」

片目をつぶって颯爽《さっそう》と離れるスワヴォミルの言う通り、どうやってこの美しい姉妹とお近付きになろうかと考える殿方がじわじわと近付いてきていた。皆、トリコットの靴下や宝石のボタンの付いた上着で、華やかに着飾っている。

アリツィアは、それらの視線にまったく気が付いていなかった。こわばった表情でぽつりと呟《つぶや》く。

「来たとこだけど、帰りたい……」

「何をほざいてますの」

隣にいたイヴォナに即刻たしなめられ、アリツィアは泣きそうな顔になる。

「だって、人も会場も、思った以上にキラキラしすぎて……落ち着かない」

「お姉様も負けないくらいキラキラしてますわ。ほら下だけじゃなく、上もご覧になってください。あの羽根！」

アーチ型の天井には、真っ白な鳥の羽根が決して落ちることなくふわふわ浮き続けていた。

「サンミエスク公爵様はすごい魔力持ちとは聞いていましたけれど、空中に羽根をずっと留めておくのは簡単じゃないですわ。魔力使いをこのために雇ってらっしゃるのかしら」

アリツィアは羽根を見上げるどころか、イヴォナの声も耳に入っていない様子だ。

その悲壮な表情を見たイヴォナは、一体どうしてこの姉が自分から結婚を申し込むのだろうと、何度も浮かんだ疑問をまた抱いた。思いが通じているなら、相手が家を通して申し込んでくるのが一般的だろう。

——お姉様はこの舞踏会にしか出ないと決めていた。ということは、確実にここに招待されている方よね。このお屋敷で働いている誰かかとも思ったけど、先ほどからのお姉様の様子を見ているとそれも違うみたい。一番有力なのは、今夜の主役のサンミエスク公爵の長男、ミロスワフ様だけど、ミロスワフ様は大陸の大学から四年ぶりに戻ってきたところで、お姉様との接点が見つからない。四年前のお姉様はまだ社交界にデビューもしていなかったもの。となると、ミロスワフ様やサンミエスク公爵家に近い家柄の方かしら。将軍閣下のご嫡男、アギンリー・ナウツェツィル様や、若手ながら大魔力使い《クリャートン》に一番近い、カミル・シュレイフタ様？

出席していそうで有力なのはこのあたりかしら。それにしても——

イヴォナは先ほどの父の背中を思い出す。

——お父様もどうしてお姉様に決めさせるのかしら？

アリツィアの表情から何かわからないかとイヴォナが隣に目を向けると。

「損益と収支のことだけ考えていたい……」

苦手な社交界と、さらにこれから自分がすることに対して怖気付いてきたアリツィアが現実逃避を始めていた。

「今すぐ帰って帳簿に向き合いたい……」

「今日向き合うのは数字じゃないでしょう」

イヴォナは容赦無く現実に引き戻す。と、そこに。

「お珍しいこと。ごきげんよう、アリツィア様、イヴォナ様」

アリツィアたちに最初に声をかける人物が現れた。

振り返る前から声の主がわかっていたのだろう。アリツィアの肩にわずかながら力が入り、先ほどまでの気弱な姿からは想像できないほど優雅な微笑みが作られた。〝吹雪の薔薇〟にふさわしい雰囲気を纏《まと》って、アリツィアはゆっくりと振り向く。

「ごきげんよう、ラウラ様」

イヴォナにはわかった。気力の限界だったアリツィアが突然強気な態度を装えたのは、妹を守るためだということを。

母を亡くしてから、この姉妹はそういうふうに支え合ってきたから。

当然、そんな姉の演技にイヴォナも合わせる。

「ごきげんよう、ラウラ様」

三人は互いに淑女らしい礼をとって挨拶を交わしたが、流れる空気は決して友好的なものではなかった。

ジェリンスキ公爵令嬢のラウラは、〝雨に濡れた白百合〟と呼ばれるくらい、濃厚な香りのような存在感を醸し出す美女だった。

だが、魔力がないのに美しさで一目置かれているアリツィアをとにかく敵視しており、昔から難癖をつけにくる。アリツィアが社交嫌いになった原因の一人だった。

ラウラは無遠慮に上から下までアリツィアを眺め、髪飾りに目をつけた。

「アリツィア様、珍しい髪飾りをつけていらっしゃるのね。生花ではないご様子ですけれど？」

「ええ、乾燥花といいますの」

――よかった、この話ならできる。

アリツィアは安心したように説明を続けた。

「北の方の大陸で流行していまして、生花と違って二ヶ月は色が保つのが特徴ですわ。ただ、繊細で壊れやすいので器用な侍女でなければ、髪飾りにはできなくて」

ドロータの一生懸命な姿を思い浮かべたアリツィアは、本当の微笑みを浮かべた。

――いつもわたくしのことを考えてくれるドロータの気持ちに報いるためにも、頑張らなくちゃ。床ばかり見つめている場合じゃない。

アリツィアは優雅な笑みで周りを見渡す。

「この壊れやすさを改良できたら、いずれクリヴァフ商会でも扱いたいと父が申していましたわ」

商売の話なら、アリツィアも多少は饒舌《じょうぜつ》になる。これは商談の相手。これは商談の相手と胸の内で繰り返しながら続けた。

「贈り物にも喜ばれること、間違いありませんわ。ラウラ様に贈りたいと思う方がこの中にいらっしゃれば是非どうぞ」

周りの者たちは、感心した様子で頷く。

「やっぱりクリヴァフ商会だ」

「珍しいものを扱っている」

「わたくしも欲しいですわ」

「あらわたくしも」

しかし。

「さ・す・が、クリヴァフ伯爵家ですのね」

そんな称賛の声を裂くように、ラウラが声を張った。ラウラは、アリツィアに挑むように笑いかける。

「わたくしなんて生花を枯れないように魔力で固定するくらいしか出来ませんから恥ずかしいですわ……ご存じないかもしれませんから補足しますと、魔力で生花の周りの空気を揺れないように包めば、そのままにしておくより長持ちしますの」

ラウラは扇で口元を隠して続けた。

「ですから、仮にそれがわたくしに贈られてきても遠慮しますわ。生花で十分ですから。ねえ？皆様」

ラウラの言葉で、皆、気まずそうにアリツィアたちから視線を逸らす。

裏の意味を読むのが苦手なアリツィアでも、ラウラの言いたいことはわかった。

〝魔力のない人たちは大変ですわねー、そんな髪飾り、魔力があれば簡単に作れるのにぃ〟だ。

……顔に出すもんか。

確かに、アリツィアとイヴォナは貴族なのに魔力がない。が、それはブランカとスワヴォミルが恋に落ちた結果だからだ。あの人たちの子どもに生まれたことを、わたくしは誇りに思っている。

アリツィアは背筋を伸ばして、ラウラの視線を正面から受け止める。

ここで強気に出るとは思っていなかったのだろう。ラウラは、アリツィアに気圧されるようにわずかながら体を後ろに倒した。そこを逃がさずアリツィアが言う。

「確かにそうですわね……ただ、それでは楽しめるのはごく一部の者に限られてしまいますわ。この乾燥花は、雪深い北の地方の方たちが、長い冬の間、部屋の中を飾るために編み出されたものですの」

目を閉じて思い浮かべる。雪に閉ざされた生活。そこに飾られる乾いた花。

「これは、生活を楽しもうとする人たちの気持ちと時間が形になったものなのです。そう思うと、一層大切にしたくなりませんこと？」

しかしラウラは思い切り顔をしかめた。

「嫌だわ」

心底嫌そうに言う。

「そもそも庶民の飾り物でしたの？　だったらいりませんわ。魔力のない人たちと同じ物をつけるなんてゾッとしますもの」

その場が凍りついたようにしんとなったが、ラウラは気にしていない様子だ。

そうか、そうだった、とアリツィアは今初めて思ったわけでないことを、また思う。

届かないんだった。

庶民とか、貴族とか、魔力があるとかないとか、そういう次元の話をしているわけではないのに、届かないんだ。

慣れたとは言え。

——悔しい。

黙り込んだアリツィアに気をよくしたのか、ラウラは勝ち誇ったように話し続けた。

「そういえば聞きましてよ？　縁談が持ち上がってらっしゃるとか」

大勢の中で言う必要のないことを、高らかに告げる。周りからさっきまでとは違うざわめきが起こった。

「しかも、お相手は四十歳も年上の大商人だとか」

アリツィアは驚きを顔に出してしまった。どうやって知ったのだろう？

ラウラは満足そうに頷く。

「クリヴァフ伯爵様も、大商人に娘を嫁がせるほど困ってらっしゃるのかしら」

「ちっ、違いますっ！」

とっさに大きな声を出してしまった。見る見るうちに顔が赤くなるのが自分でもわかる。ラウラは嬉しそうに笑った。

「あらあら、そんなに真っ赤なお顔をなさって。よろしいのではなくて？　大商人様とアリツィア様。こう申し上げては失礼かもしれませんけれど、わたくしたちは日々、魔力があることを当たり前に思っていますもの。そんな軋轢《あつれき》を避けられる見事な縁談だと思いますわ。例えばこのサンミエスク公爵家は……ほら、ご覧になって」

ラウラは、さっきイヴォナが感嘆していた天井付近で浮遊している羽根を扇で指した。

「あの羽根、公爵家の甚大な魔力があればこそですわよね。アリツィア様がお嫁入りされて舞踏会を開くとき、あのようなおもてなしはできそうにありませんものね」

アリツィアの手の震えはさっきより大きくなっていた。必死で握り締めて、この嵐を去るのを待っている。

確かにわたくしはあの羽根を浮かせることはできない。

森の木にもなれない。

耐えるしかない。

「……」

「あら。ついにだんまりですの？　負け惜しみなら聞きましてよ？」

言葉が出ない自分が情けない。イヴォナが困っている気配がする。お父様がこの出来事に気付いたら、がっかりするかもしれない。もうちょっとわたくしがしゃんとしてたら。わたくしさえしっかりしてたら――。

「お話が盛り上がっているようですね」

不意に、アリツィアの背中に向かって声がした。驚いたアリツィアが振り返ると、金髪でがっしりした体格の若者が、こちらに近付いてくるのが見えた。

声の主を目にした人々は、口々に歓迎の言葉を投げかけた。

「ミロスワフ様!?」

「おお、立派になって戻られましたな」

「ご到着が遅れていたと聞きましたが」

それらに微笑みだけで応えながら今日の主役、ミロスワフ・サンミエスクはごく自然な様子でアリツィアの前に立ち、青い瞳で微笑みかけた。

「待たせたね、アリツィア」

それを聞いたラウラが目を丸くする。

アリツィアはその懐かしい瞳を見つめるだけで、緊張が解れていくのを感じた。

安堵の中で思わず叫ぶ。

「遅いですわ！」

その場の誰もが驚いた。ラウラも、イヴォナも。

ミロスワフ本人だけが、笑いを噛《か》み殺しながらアリツィアに答えた。

「すまない、馬車が故障してね。さっき到着したんだ」

その言葉でアリツィアはハッとした。慌てて淑女の挨拶をする。

「お帰りなさいませ。ミロスワフ様。長旅お疲れ様です。ご無事でなによりでしたわ」

「今さら取り繕っても遅いよ、アリツィア」

ミロスワフの笑いをにじませた言葉にアリツィアは内心頷く。

――ですよねえ……。

好奇心で目を輝かせながらイヴォナが話しかける。

「あの……お姉様。随分と、その、ミロスワフ様と親しいご様子ですけれど、お知り合いでしたの？」

イヴォナの疑問はここにいる皆の気持ちを代弁したものだ。ラウラなど、まだ目を丸くして固まっている。

どこから説明しようかアリツィアが迷っていると、ミロスワフが穏やかに口を開いた。

「アリツィアとは長い付き合いになります」

「ミロスワフ様！」

ざわっ、と人々の間にどよめきが起きる。

アリツィアは、ミロスワフにだけ聞こえるように小声で言った。

「……誤解を生みますわ」

「望むところだよ？」

イヴォナが、ここにソファとクッションがあればすぐにでもジタバタできるのに、と言いたげな顔で二人を見つめている。

ミロスワフはそんなイヴォナに礼儀正しく自己紹介した。

「初めましてイヴォナ殿。ミロスワフ・サンミエスクと申します。お姉様とは長い間、親しくさせていただいています。クリヴァフ伯爵にもご挨拶申し上げたいところなのですが、それは後ほどゆっくり」

「は、はい！　ぜひ！」

「どういうことですの！」

我慢できないというように、ラウラが割って入った。

「貴族の中でも特に血筋正しく、王族にも近い存在のサンミエスク公爵家ご子息ミロスワフ様と、破天荒なことばかりしているクリヴァフ伯爵家令嬢アリツィア様。接点などあるはずありません！」

ラウラはミロスワフに向かって気の毒そうに付け足した。

「ミロスワフ様、こう申し上げては何ですが、騙《だま》されていらっしゃるのでは？」

「騙す？」

ラウラの問いかけに、ミロスワフは眉を寄せた。その青い瞳にじっと見つめられたせいか、ラウラの頬が少し染まる。

「そ、そうですわ。どうやってアリツィア様がミロスワフ様に近付いたかわかりませんが、アリツィア様に魔力がないこと、ご存じないのでは？　そうですわ、そうに決まっています。留学していらっしゃったミロスワフ様にアリツィア様が事実と違うことを伝えたのではないでしょうか？」

「ひどい！」

叫んだのはイヴォナだ。

「ラウラ様はお姉様が嘘《うそ》をついていたとおっしゃるんですか？　失礼だわ！」

「イヴォナ」

アリツィアがイヴォナを落ち着かせるために声をかける。

「声が大きくてよ」

「だって……」

アリツィアがラウラに向き直る。

「ラウラ様」

ラウラは返事をしない。

「わたくし、魔力がないことを隠したことなどございません。恥じておりませんので。ミロスワフ様にも最初からお伝えしておりました。ねえ、ミロスワフ様」

アリツィアが、ミロスワフに同意を求める。しかし、ミロスワフは明らかに皮肉な微笑みを浮かべてラウラを見つめていた。

あ、これダメ、とアリツィアは思ったが遅かった。ミロスワフはラウラにおそらくわざとゆっくり、話しかけた。

「さっきから魔力魔力とうるさいのですが……よっぽどご自身に自信がないんですね」

「え？」

ラウラが、何を言われているのかわからない、という顔をした。

ミロスワフは続ける。

「でもまあ、それを引き合いに出さなければ、アリツィアには勝てないと思っていらっしゃることだけは、よく伝わりました」

「な……！」

「ひとつ忠告しておきますが、劣等感の裏返しを他人に擦り付けるのはやめた方がいい。みっともないから」

「みっとも……い、いくらミロスワフ様でも聞き捨てなりませんわ！　それにわたくしがどうしてアリツィア様に劣等感を抱かなくてはいけませんの！　わたくしを誰だと思ってるの！」

「それなんですよ」

「は？」

「さっきから考えているけどまったくわからない」

ミロスワフは軽く首を傾げてラウラに問いかけた。

「貴方、誰ですか？」

ジェリンスキ公爵令嬢であり、〝雨に濡れた白百合〟としても名を馳《は》せているラウラに、そんな質問を投げかけたのはミロスワフが初めてだったのかもしれない。ラウラは、開いた口を扇で隠すことも忘れて、ぶるぶると震えた。

ミロスワフはそんなラウラに対して、完璧な笑顔で謝罪した。

「おや、私としたことがとんだ不調法を。失礼しました。何しろ、貴方がおっしゃったように、留学から帰ったばかりの世間知らずなものですから。でもそれを含んでくださる方でよかった」

「……！」

腹が立ちすぎて言葉が出ないのか、ラウラは口をパクパクしていた。

ミロスワフはアリツィアに寄り添い、誰ともなく告げる。

「魔力があるとかないなどは、アリツィア自身の魅力とまったく関係ありませんが、アリツィアの名誉のために補足します。出会ったときからアリツィアは自分のことをきちんと話してくれていました」

アリツィアが自分を騙しているわけではないと知らしめるための一言だ。

……迷子か？　なぜ魔力で呼びかけない？

……わたくしにはその魔力がありませんの。

そんな会話を思い出したアリツィアは、ミロスワフに微笑みかける。

「もう四年になりますわね」

「そうですね……それくらいになりますか」

「そんな昔からのお知り合いでしたの⁉」

イヴォナが驚いた声を出した。イヴォナだけでなく、似たような反応をする周囲にアリツィアは告げる。

「昔、無理を言って、父の視察に一緒に連れていっていただいたことがありましたの。今思えば足手まといになるだけなんですけど。案の定、わたくしは皆とはぐれて港で一人になってしまいました」

ミロスワフも懐かしそうに目を細めた。

「たまたま留学の出発の下見のために港に来ていた私が、アリツィアを見つけて声をかけたんだ。いかにも貴族の少女が一人でいたから放って置けなくてね。私が十八、アリツィアが十四だった」

「恥ずかしいですわ。でもそのおかげで父と再会できましたの。今でも感謝しております」

「大げさだよ。私はただアリツィアと一緒にそれらしき人物を捜し回っただけだ」

「それでも、あんなに安心したことはありませんわ」

アリツィアとミロスワフの会話を聞いて皆が囁く。

「素敵ですわ」

「さすがミロスワフ様」

「そこから四年というわけですのね」

「ロマンチックですわ」

「……魔力なしの分際で」

ラウラだけが低い声でそう呟いて、そこから離れた。

「ラウラ様？」

何人かの令嬢がラウラを追いかける。

ミロスワフが片眉を上げてラウラの去った方に視線を送ったが、アリツィアがそっと制した。もともと社交界にあまり出ない自分だ。この先関わることはそうないはずと思ったのだ。

アリツィアの考えが通じたのか、ミロスワフはそれ以上ラウラを追わなかった。その代わり、自分に言い聞かすようにボソリと呟いた。

「いつまでも魔力に頼れると盲信している方が危ういのに」

「え？」

よく聞こえなかったアリツィアが聞き返すと、なんでもない、と首を振った。ミロスワフは切り替えるように、通る声で告げた。

「おやおや、これはいけない。私のために集まってくださったのに、皆様、お待たせして申し訳ありません」

その声に、離れたところにいたサンミエスク公爵夫妻が反応した。息子がとっくに到着していたことに気付いたサンミエスク夫人は驚いた顔をした後、わずかに顎をあげて、こちらに来るように合図する。

「あれはまた後で怒られるな」

可笑しそうに呟いてから、ミロスワフはイヴォナにウィンクした。

「お姉様をお借りしますね」

「はい！　どうぞ」

イヴォナは力強く頷いたが、慌てたのはアリツィアだ。移動するミロスワフに付いていきながら問いかける。

「借りるって、わたくしを？　ミロスワフ様は今夜の主役なのですからわたくしのことは後回しになさってください」

ミロスワフは、ふっと笑った。

「君も主役だよ」

「わたくしも主役？　まさか。ミロスワフ様ったら」

公爵夫妻の元へ向かいながらアリツィアが思わず笑うと、ミロスワフは一瞬虚を突かれた顔をした。

「当たり前じゃないか」

だがミロスワフがそれ以上言う前に、音楽が鳴り響いた。公爵夫妻のファーストダンスが始まったのだ。ミロスワフは呑気《のんき》に呟く。

「相変わらず母上はせっかちだな。息子が無事に戻ってきているのならもう始めちゃおってとこだろう」

アリツィアは焦った。順番から言うと次はミロスワフだ。こんなところで喋っている場合ではない。

「大変ですわ！　ミロスワフ様！　早くパートナーを探して中央に向かいませんと」

話している間に曲は終わりそうだ。ミロスワフは平然としている。

「じゃあ、ここから行こうか」

「ここから？　えっ！　わ！」

ミロスワフはアリツィアの手をとって中央に進み出た。タイミングよく楽団が新しい曲を奏でる。

「一曲踊っていただけませんか？」

ミロスワフが耳元でアリツィアにそう囁いたときは、すでにステップを踏みかけていた。

――って、もう断れない状況ですよね？　これ！

仕方なく体を動かしながら、小声で会話する。

「不意打ちですわ！」

「いいからダンスに集中して。楽しもう？　余計なことは考えないで。僕だけを見て踊って」

二人だけの会話のせいか、ミロスワフの一人称がくだけたものになった。そのことに少し嬉しさを感じながら、アリツィアは気付いた。あらかじめ一緒に踊ろうと言われていたら、アリツィアのことだ。それだけで緊張して動けなかったに違いない。不意打ちはむしろアリツィアへの気遣いだったのかもしれない。

いささか強引ではあるが。

でも。

――ここにいるのは紛れもなく、あのミロスワフ様なんだわ。

アリツィアはずっと会いたかったミロスワフが目の前にいることを、やっと実感した。

「……わたくしの下手さを誤魔化してくださいね？」

「ご謙遜《けんそん》を」

ミロスワフの巧みなリードでアリツィアは心地よくステップを踏み続けることができた。

——あのときから溌剌《はつらつ》とした方でしたけれど。

明るい金髪に、深い海の色のような青い瞳。四年の間に、その整った顔立ちに精悍《せいかん》さが加えられている。

かなりの魔力の持ち主であり、留学から戻った今は次期公爵として期待されているミロスワフと自分が知り合いだなんて、ラウラでなくても信じられないだろう。

四年前、迷子になったアリツィアをミロスワフは無事に送り届けた。二人はそこで別れるはずだった。けれどお互いこのままで終わりたくないと思ってしまったのだ。

もう少し、話していたい。

もう少し、お互いを知りたい。

もう少し、顔を見ていたい。

もう少し。もう少し。

あとちょっとだけ。

それは叶わないはずの願いだった。留学を控えていたミロスワフはその数日後には旅立たなくてはならなかったから。

だけど二人は諦めなかった。

……手紙を書くよ。毎日書くから、届けていいかな。

……わたくしも、書きます。

そのときに出来る精一杯の約束を、二人は律儀に守った。その努力のおかげで、アリツィアとミロスワフはお互いの間に芽生えた何かを、ゆっくりと、だが確実に成長させることができたのだ。

——あの帳簿の山に、ミロスワフ様からのお手紙を隠していたなんて知ったら、イヴォナもドロータも驚くでしょうね……。

「楽しそうだね。よかった」

アリツィアが思わず浮かべた小さな笑みに、ミロスワフも笑みを返した。アリツィアもミロスワフに何か言おうと口を開いたそのとき。

……バキッ……バキッ。

「何かしら?」

「危ない! アリツィア!」

どぉん! と、いきなり爆発音がしてダンスフロアが白煙に包まれた。

第2章　井戸の魔力使い

「アリツィア！　怪我はないか！」

ミロスワフは叫びながら隣にいたアリツィアを抱き寄せた。

「わたくしは大丈夫ですわ……ミロスワフ様は」

爆発音はすぐに止んだが、立ち込める煙のせいで周囲がよく見えない。

「僕も大丈夫だ。しかし」

答えるミロスワフの横顔が溶け込みそうなくらい、不自然に濃い煙がフロア中に蔓延《まんえん》していた。しかも話している間にその色を変えていく。最初は真っ白だった煙は、まるで生きているかのように濃い青や紫に変化しながら、消えることなくずっと漂っている。大勢いるはずなのに、ミロスワフ以外の声も聞こえない。

――もしかして、まさか。

アリツィアの不安を読んだかのように、ミロスワフが苦々しく呟いた。

「おそらく魔力だ」

「なんてこと！　違反ではありませんか！」

ここヴィタルヴァ王国だけでなく、ほぼすべての近隣諸国で、不特定多数に影響を与える魔力の使い方は禁じられている。混乱を招くからだ。

違反すると、国をまたいだ存在である魔力保持協会が、その国の王に罰則を言い渡す。自国の王に関わることなので、皆、きちんとその法を守っている。

そしてその法があるからこそ、庶民は安心して貴族と同じ国で生活できるのだ。

――それを根底から覆す人物がここにいるということ？

アリツィアは警戒を緩めずに、出来るだけそっとあたりを見渡した。

と、不意に煙が割れるように途切れた。

そこから音もなく、背の高い男が姿を見せる。

――だ、誰？

アリツィアは驚いて声も出せない。

男は黒髪に灰色の瞳で、上下とも真っ黒な服装をしていた。

「あ、驚かせた？」

どこか幼さを感じさせる笑顔で男は続ける。

「でも違反じゃないよ」

「カミル！　お前か！」

ミロスワフが呼んだその名前で、アリツィアも気付いた。その名前、その風貌《ふうぼう》。以前、イヴォナが騒いでいたのを思い出したのだ。

「もしかして、カミル・シュレイフタ様ですか？　大魔力使いに一番近いと言われている？」

「あ、知ってるんだ。僕のこと。嬉しいな」

若手の中で一番の実力者だと聞いていたが、思った以上の若さだった。

「若いと思っているんでしょう？」

カミルは、アリツィアの考えを読んだかのように唇を尖《とが》らせた。

「皆同じこと言うんだよね。若いですね、いくつですかって。飛び級したから余計話がややこしくってさ。そこのミロスワフと同じ学校だったこともあったんだけど、僕の方が先に卒業しちゃって。学年は上だけど、年はまだ十六。つまり優秀ってことだよね」

「そんなことはどうでもいい。カミル、どういうことだ」

聞きながらも、ミロスワフはアリツィアを抱く手を緩めない。

——ミロスワフ様がここまで警戒する相手なんだわ。

見た目で判断してはいけないということだ。

カミルは軽く答える。

「だから魔力使いなら、違反じゃないってこと。魔力保持協会がそう決めていることくらい、知ってるでしょ？」

「しかし、ここまでの魔力を行使するにはそれなりの理由がいるはずだ」

「あー、理由？　理由は」

カミルはさっと空中に手を伸ばし、戻した。

「理由はあぶり出し」

「あぶり出し？」

その一瞬で、カミルはさっきまでいなかった女性を背中から抱きかかえるように立っていた。

アリツィアは思わず名前を呼ぶ。

「イヴォナ！」

「あれ？　知り合い？」

カミルに背後から抱き締められていることに気付いたイヴォナは、身をよじって叫んだ。

「どなたですの！　離して！」

ミロスワフが怒りを含んだ声を出す。

「その人を離せ」

「ミロスワフが焦るなんて珍しいね」

「その子を離してください。わたくしの妹なんです」

「ふーん？」

もちろんカミルはイヴォナを自由にはしなかった。それどころか、腕に力を込めてさらに密着する。

「嫌っ！」

イヴォナが暴れても気にしない。そのまま世間話のようにのんびりと聞く。

「君たちもしかして、クリヴァフ伯爵姉妹？」

「だとしたらどうですの？」

ミロスワフが警戒する視線をアリツィアに寄越したが、アリツィアは目だけで大丈夫と応じた。今はとにかくイヴォナを助けたい。話すことで隙ができるかもしれない。

カミルは楽しそうに頷いた。

「面白いね。噂通りなんだ」

「噂？　なんの噂ですか？」

それには答えず、カミルは右手をひらひらと上下させた。手の動きに合わせて、煙が踊るようにゆらめく。

「魔力のある人がこの煙に触れると、倒れる仕組みになっているんだ。今、静かでしょ？　皆倒れちゃって、立ってるのはあんたたち三人だけ。だからあぶり出しなんだよ。魔力の有無を強引に判定する」

「え？　でも」

アリツィアは思わず呟いてしまう。カミルも頷く。

「そう、魔力なしで有名なクリヴァフ姉妹はともかく、かなりの魔力があるはずのサンミエスク公爵家御令息ミロスワフ様は、なーんで平気なのかなー？」

ミロスワフはカミルを睨《にら》みつけたまま答える。

「……護符を使っているからだ」

「護符！　魔力で防御するわけでもなく、護符！　そういうのも魔力保持協会の許可がいるの知っているよね？」

「許可は取ってある」

「どうやって取ったの？」

「答える義務はない」

「そりゃそうだよね。なんか言えないことがあるんだもんね？　例えば、それを作った人のことをかばっているとか。留学先で知り合った、魔力法学の偉い先生とか？」

――偉い先生って、もしかして……。

アリツィアには心当たりがあった。

ヘンリク・ヴィシュネヴェーツィキ。

庶民出身の魔力法学者で、ミロスワフが通っていた大学で教鞭《きょうべん》を取っている。恩師と慕う存在だと、ミロスワフの手紙に書いてあった。その先生が何か関係しているのだろうか？

だが、ミロスワフはそれ以上答えなかった。

カミルは肩をすくめる。

「ま、言うわけないか。でもさ、それってさあ、予想していたってことだよね？　こういう状況になることを。そういう奴をあぶり出すためでもあんの」

「じゃあ、私をさっさと連れて行け！　いくらでも付き合ってやる。その代わりこの二人には手を出すな」

「嫌だなあ」

カミルがイヴォナを抱いたまま、指を擦り合わせた。

煙がゆっくりと渦を巻いていく。

「あのね、ミロスワフ。知らなかったかな？」

渦の中心はどんどん大きくなり、穴のようになっていく。

「僕、君のことずっと、嫌いなんだ」

カミルは嬉しそうにミロスワフを見つめる。

「だから、君の嫌がることをしたくなってきた。この子、連れて行こうっと」

イヴォナはもう声も出ないくらい怯えている。

「やめて！」

もう黙っていられない。アリツィアはミロスワフの腕を振りほどいた。

「イヴォナをどこへ連れて行こうとするの」

「よせ！　アリツィア！」

ミロスワフの制止も聞かず、アリツィアは涙目のイヴォナに手を伸ばした。

しかし。

「じゃあ、君でもいいよ？」

アリツィアがイヴォナを捉える前に、カミルがアリツィアの腕を掴《つか》んだ。

「君か妹、どっちか一人だけが僕についてきたらいい。見たところ、ミロスワフは君たちのこと大事に思ってそうだもんね。二人一緒だとちょっと大変だから、どちらか一人ね。おっと、動かないで」

何か魔力を発動させたのか、隙を見てカミルに飛びかかろうとしたミロスワフがその場にうずくまった。

「ぐっ……」

目だけはカミルを睨みつけているが、苦しそうにうめいている。

カミルは満足そうにアリツィアに問いかけた。

「じゃあ、選んでいいよ。どうする？　来る？　来ない？」

アリツィアはイヴォナの顔を見つめた。

「お姉……」

イヴォナが何か言いかけたが、アリツィアは微笑みながら首を振った。カミルに向き直る。

「どちらかがあなたと行けば、残された二人の身の安全は保証してくれるのですね？」

「そういうこと」

「ではまず、ミロスワフ様にかけた魔力を解いてください。でなければ信用できません」

カミルは少し考えてから、ミロスワフに向かって手をかざした。

「ま、いいか。でも僕たちがいなくなるまで、近付けないようにはするよ」

カミルがさっと手を下ろす。

「……ぐっ……ごふっ！」

同時に、ミロスワフが倒れこむように咳《せ》き込んだ。荒い呼吸のまま、ミロスワフはカミルに襲いかかろうとする。

「くっ……」

「ダメだってば」

透明な箱へ閉じ込められたかのように、ミロスワフはそれ以上進めなかった。声も消されているのか、叫んでいるようだが、何も聞こえない。

――でも、とりあえずは無事なご様子……よかった。

「これでいいでしょ。で、どっちにする？」

「そうですわね」

アリツィアはカミルを見つめ、わざと大げさなため息をつく。

「やれやれ、また選ばなくてはいけないのですね」

「また？」

「ええ、似たようなことが最近ありましたの」

四十歳年上の商人と結婚するか、自分で相手を決めるかを選ぶように言われたのはついこの間だ。

「けれど、お父様とあなたは違いますね。あなたの方が卑怯《ひきょう》です」

カミルの眉が不機嫌そうに上がったがアリツィアは続ける。

「お父様の場合、実際はわたくしの意思を尊重してくださっていました」

そう、スワヴォミルのあれは、アリツィア自身が決めていい、というメッセージだった。でもこれは。

「あなたは選んでいい、と言いながら最初から選択肢をふたつに狭めている。本当にわたくしの意思を尊重してくださるなら、イヴォナとミロスワフ様とわたくしの三人を自由にしてくださいませ」

「はーん……気付いた？　あんた、魔力はないけど馬鹿じゃないんだね」

「当然でしょう。選ばせてくださってありがとうございます、と申し上げると思ってらっしゃいましたか？」

「そういう人多いよ？　そんで選ぶなら相手をっつって、先に逃げようとする」

「かもしれませんわね」

「あんたは違うんだ？」

「ええ、あなたの言う通りにするのは気が進みませんが、仕方ありません。イヴォナかわたくしというのならわたくしが行きます」

「そう言われたら、こっちの子にしたくなるけど」

「選んでいいとおっしゃったじゃありませんか。あれまで嘘なのですか？」

「まあいいか。あんたで。ほら」

カミルはイヴォナを抱きしめていた手を勢いよく離した。よろけたイヴォナは地面に手をついた。

「イヴォナ！」

「お姉様！」

「怪我はない？」

アリツィアはイヴォナの手を取って立たせた。不意に子どもの頃を思い出す。転んで泣きそうになったイヴォナを、よくこうやって立たせてあげたものだ。イヴォナ、可愛いわたくしの妹。

アリツィアはイヴォナをそっと抱きしめた。

「お父様を頼むわね」

「で……も」

「そうね、決算はわたくしがしますから、手をつけないでください、と伝えてくれる？　楽しみに取ってあるの」

イヴォナはもはや泣きじゃくっている。アリツィアはその涙を細い指で拭った。

「たまには姉らしいこともしたいのよ。それに」

なんとかカミルの魔力から逃れようとしているミロスワフに向かって、アリツィアは一際大きな声で告げた。

「次お会いしたときに」

アリツィアは万感の思いを込めてミロスワフに伝える。

「以前いただいたあのお話の返事をさせてくださいい……本当は今日お伝えしたかったのですが」

アリツィアの言いたいことが伝わったのか、ミロスワフも目に力を込めた。

それを見たカミルが何か言いかけたが、アリツィアは急かした。

「では参りましょう」

これ以上ゆっくりしているとイヴォナとミロスワフにまた危険が及ぶかもしれない。先ほどから空中に浮いている渦を見て言った。

「これの真ん中に飛び込めばいいのですか？」

カミルは呆《あき》れた顔をした。

「あんた、怖くないの？　どこ連れて行かれるかわかんないんだよ」

「怖いというより——」

アリツィアは正面からカミルを見据えた。

「わたくし、怒っております。あなたに」

「へ？」

「お話は後でゆっくり。さあ、参りますわよ」

カミルの腕を掴んだアリツィアは、自分から渦の中に飛び込んだ。

❦　❦　❦

カミルたちがいなくなった途端、渦は消え、魔力による煙もかき消すようなくなった。

人々は徐々に意識を取り戻したが、舞踏会は中止となった。誰も怪我はなかった。ただアリツィアがいなくなっただけ。

爆発音は、サンミエスク公爵家が老朽化して起きたものであり、至急建物の点検を要する上に、そのショックでサンミエスク公爵夫人イザが体調を崩してしまった。誠に残念だが、舞踏会は中止とする。建物の安全が確認でき、さらにイザの体調が回復したら、改めてご招待する。

それだけのことをさっと説明するサンミエスク公爵当主ボレスワフは、さすがの風格だった。招待客たちそれぞれの内心はわからないが、ひとまずは納得した顔にさせ、あっという間に解散させた。

誰もいなくなったがらんとしたホールでイヴォナとミロスワフが、公爵夫妻とスワヴォミルに自分たちの目の前で起こったことの詳細を説明した。

「謝罪などいらん！」

話を聞いていたスワヴォミルはついに大声を出した。

「私が知りたいのは、娘が、アリツィアがどこへ行ったかだ！　今無事なのか、どうしているのか、それだけだ！」

「お父様、落ち着いて」

「……誠に申し訳ありません。私がアリツィアを守り切れなかったばかりに」

興奮した父をイヴォナがなだめ、幾度となく下げた頭をミロスワフがまた下げる。

「だから謝罪は聞き飽きたと言っているだろう！」

叫びに叫んだスワヴォミルの声が、唐突にかすれた。

「お前にわかるか……？」

スワヴォミルは振り絞るように言った。

「妻を亡くしてから娘たちだけが私の生きる喜びであり、光だった。そのおかげで私はまた起き上がれるようになった。もう一度失うことなど……私には考えられない。こんなことなら無理に社交界に出ろなんて言わなければよかった。そうしたら巻き込まれずに済んだのに……アリツィア……」

横にいたイザがスワヴォミルの前に出る。体調が悪くなったというのはもちろん嘘だ。イザは再び、深々と頭を下げた。

「本当に……申し訳ございません。伯爵様の悲しみになんと言葉をかけていいのかわかりませんが、この責任は我が息子ミロスワフがきっちり取らせていただきます——そうよね？」

「はい。アリツィアを必ずこの手に取り戻してみせます」

スワヴォミルはギョロリとした目でミロスワフを睨んだ。

「お前だったとはな」

「は？」

「アリツィアに思う相手がいることは、それとなくわかっていた。社交界に顔を出さない娘がどうやって知り合ったのか不思議だったが、時折、花が咲いたような笑みを見せることがあった。相手が誰でも、アリツィアが連れてくる男なら認めてやろうと思っていた。だが」

スワヴォミルは両手を天井に掲げて叫んだ。

「もし、アリツィアに髪の毛一本ほどでも傷が付いていたら、私は君を許さない！　君との結婚も許さない！」

スワヴォミルの言葉と共に、天井の羽根が一斉に落ちてきた。大きすぎる怒りが引き金となってスワヴォミルの魔力が発動されたのだ。羽根は吹雪のように舞いながら、時間をかけて床に落ちる。

「伯爵様の思いとは比べ物にならないかもしれませんが」

舞い落ちる羽根の中、ミロスワフはスワヴォミルの視線を正面から受け止めた。

「アリツィアと出会ってからの四年間、アリツィア以外の伴侶など考えられず過ごしてきました。アリツィアの無事な姿を必ず伯爵様にお見せすること、約束します」

ミロスワフは、自分の手を痛いほど手を握り締めながらそう答えた。


気付けばアリツィアは、森の中に立っていた。

「そこの井戸に入って」

アリツィアのすぐ近くにある古井戸を指してカミルが言った。渦はいつの間にか消えている。

「この井戸に？」

「そう、その井戸」

アリツィアは古井戸をチラッと覗き込んだ。何も見えないほど深い。

「嫌ですわ」

「嫌とかじゃないんだよ」

「だってかなり深そうだし——きゃっ！」

アリツィアが最後まで言う前にカミルはアリツィアの背中を押し、自分も一緒に飛び込んだ。

「きゃあああああああ」

アリツィアは思わず叫んだが、滑降は止まらない。カミルの楽しそうな声が追いかけてくる。

「ひゅー！」

「きゃあああ」

「いやっほい！」

その井戸は、アリツィアが知っているどの井戸とも違った。

井戸と言えば石で出来ていて垂直に穴が開いているものだと思っていたが、これは斜めに穴が伸びている。しかも滑りやすい。アリツィアは何が起こっているのかわからずに叫び続けた。

「きゃあー！」

どさっ！

そして唐突に底に着いた。

深紅のドレスのおかげで痛みもなく着地できたが、アリツィアはしばらく立ち上がることができなかった。

「なんですの、これ……」

「ただの近道だよ。はい、立って」

井戸の底には人が立てるほどの横穴があり、光が見えた。

――井戸の底に光？

不思議に思いながらもアリツィアは大人しくカミルの後をついて、光の方に歩く。

「え？　外？」

気付けばアリツィアは、林の中に立っていた。明るかったのは月の光だったのね、とアリツィアが振り返ると井戸が無くなっていた。

「消えましたわ!!」

カミルが何でもないことのように答えた。

「ってわけでもない。あるけど見えないようにしてるだけ」

「はぁあ」

「なんだその声」

「魔力ってすごいのだなあって思いまして。ご存じのように、うちは魔力とは無縁な生活を送ってきましたので」

カミルはそれには答えなかった。

林の中に一本の道があり、カミルは勝手知ったる様子で進む。後を追いながらアリツィアは考えた。

――王都でこんな場所、見たことありませんわ。どなたかの領地なのでしょうけど……いったいどなたの。

月明かりがあるとは言え、夜の山道はあまり歩きたいものではない。アリツィアはカミルの背中に話しかけた。

「そもそも渦の出口をもう少しずらしておけば、こんなに歩かずにすむのではありません？」

「それだとあの井戸、楽しめないじゃん」

「そういうものですか？」

「楽しいものいっぱいある人にはわかんないかな」

そんなことない、と言おうとしてためらった。若手でありながら大魔力使いに一番近いということは、いろんなものを犠牲にして努力したのかもしれないと思ったのだ。たとえば、個人の楽しみなどを。

「入れば」

いつの間にか小さな小屋の前に着いていた。壁や屋根に曲線が多い、不思議な外観の小屋だ。

「ここ、もしかして」

「僕の家」

カミルに続いて中に入る。掃除があまり得意でないのかあちこちホコリがたまっているが、それなりに部屋数の多そうな家だった。

「部屋は余ってるから適当に使って。物は触らないで」

アリツィアに指示を出してから、カミルは独り言のように呟いた。

「……あー、もう、なんでこうなるかな」

アリツィアは思わず笑った。

「なんだよ？」

「やっぱりと思いまして。あなた、本当はわたくしをさらうつもりなんかなかったのですね？」

カミルは近くにあった木の椅子にどかっと座った。

「そうだよ！　普通の女はああいうこと言われたら、べそべそ泣くんだよ！　あんた、怖くなかったの？」

「だって、泣いたりしたらあなたの狙い通りだったでしょ？」

カミルは呆気《あっけ》に取られた顔をした。

「わかってたのか」

「わたくしをさらっても何も利はありませんもの。でも」

アリツィアはカミルを見つめる。

「わたくしが怖がって泣いたりしたら、あなたがミロスワフ様を脅す材料になると思いましたの。あなたの狙いは最初からミロスワフ様なんですから。あの人の足を引っ張るくらいなら、渦にだって飛び込みますわ」

カミルは肩をすくめた。

「あんた本当に魔力はないけど、頭は悪くないんだね」

「あなたがわかりやす過ぎるんですわ。というか、今までもこんなふうに突発的に行動して怒られてきたのでは？」

ばつが悪い顔をしてカミルは黙り込む。アリツィアは笑って付け足した。

「確かにわたくしも少々、無茶をしたと思ってますわ。魔力のすごさを知らないからこそ飛び込めたというか……むしろ井戸の方が怖かったですわ。井戸なら、飛び込むとどうなるか、ということを知っていますもの」

「……知らないから怖いってこともあるだろ」

「ええ。でも、渦に関しては、あなたも一緒に飛び込むつもりみたいでしたから、そんなに悪いとこには行かないだろうな、と思っていました」

「頭悪くないを通り越して、可愛くないな、あんた」

「あなたに可愛いと思われなくても結構ですわ」

「あーもう、早く寝ろ！」

「わかりました。あちらの部屋を借りますわね……そうだカミル様」

「なんだよ⁉」

アリツィアはさっきの井戸を思い出して言った。

「あなたの二つ名、〝井戸の魔力使い〟というのはどうかしら？」

「唐突だな！　しかもダサいし、長い！」

「いいと思ったんですけど」

「いいと思う理由がわからない！　寝ろってば寝ろ！」

「感性の違いかしら……それではお言葉に甘えてお先に失礼いたします。おやすみなさいませ」

「……」

返事がないので顔を上げると、カミルがわずかに目を見開いてアリツィアを見ていた。

「どうかなさいました？」

「いや……なんでもないよ」

不思議に思いながらもアリツィアは繰り返す。

「おやすみなさいませ」

「……うん」

そう頷くカミルは、やっぱりちょっと不思議そうな顔をしているように見えた。

借りた部屋の寝具の寝心地は悪くなかった。アリツィアはいつの間にか、そのままの格好でうとうとと眠った。

❦　❦　❦

翌朝は晴天だった。

いつもと同じくらいの陽の高さで目覚めたアリツィアは、思わず呟いた。

「あぁ……しんど」

それなりに上等な寝具を使わせてもらったが、ドレスのまま寝てしまったことがやはり熟睡を妨げた。

ドロータが一生懸命付けてくれた乾燥花の髪飾りが、粉々に砕けて枕元に落ちている。

「……ごめんなさい」

いろいろありすぎて外すのを忘れてしまったことを、今さらながら悔やんだ。

「ところでどうしましょうかね？」

鏡がないのでよくわからないが、この分では綺麗《きれい》に結い上げられた髪もひどい有様だろう。薄化粧だったとはいえ、顔も洗いたい。

「えーと、借りますわよ？」

アリツィアは椅子の背にかけられていた布を拝借し、スカーフのように髪に巻いた。豪華なドレスとアンバランスだが仕方ない。その格好で部屋を出る。

「顔を洗う水と……できれば侍女が着るような簡単な服も借りられないかしら。どなたかいらっしゃいませんか？」

呟きながら廊下を歩く。

しかしカミル以外に住人はいないのか、誰とも行き合わないうちにアリツィアは外に出た。

一方、アリツィアの捜索は夜を徹して行われていた。

ミロスワフもスワヴォミルも、お互い一睡もせずアリツィアを捜した。

スワヴォミルはクリヴァフ商会のありとあらゆる伝手《つて》を使い、ミロスワフは留学時の交流を辿《たど》った独自のルートで情報を収集した。

そして翌朝。

まだ早い時間にミロスワフはクリヴァフ邸を訪れた。

「クリヴァフ伯爵」

「何かわかったのか？」

挨拶もそこそこに本題に入る。ミロスワフは言った。

「カミル・シュレイフタの隠れ家らしき場所がわかりました」

「なんだと」

「大学の知り合いが、そういえば、と古い記憶を思い出してくれました。王領の外れに拠点の一つがあるとのことです。私は今からすぐに向かいます」

「確実か？」

「カミルは身内がいないようなので、魔力保持協会か、そこくらいしか身を寄せる場所はないようです」

「ふん、まあ、町の宿屋にはそれらしき人物が来たとの情報はないしな」

「すぐ行ってきます！　また報告しますので」

「待て」

もどかしそうに出て行こうとするミロスワフの背中に、スワヴォミルが声をかける。

「その知り合いというのは、この騒動を引き起こした原因であるヘンリク・ヴィシュネヴェーツィキか？」

「それは……」

ミロスワフは答えをためらった。だが、スワヴォミルは容赦ない。

「その情報が罠《わな》で君が返り討ちに遭ったら顔を合わすのがこれで最後だ。だから聞いている。君が何に巻き込まれようと知ったこっちゃないがアリツィアを取り戻すためになるなら、どんな情報でも置いていけ。アリツィアの無事な姿を私に見せるために」

ミロスワフは、決意の表情でスワヴォミルを見た。

「人払いを」

「ウーカフ、誰も近付けるな」

「はっ」

二人きりになった部屋で、スワヴォミルはコツコツと指でテーブルを叩きながら言う。

「時間が惜しい。さっさと答えてもらおう。その魔力法学者とやらは魔力保持協会と対立しており、カミルの目的はその魔力法学者と繋《つな》がっている君だった。それでいいか？」

「私が目的なのかはまだわかりません。ただ、魔力保持協会が最近何かを企てていることは確かなようです。そのために、ヘンリク先生は護符を開発していたのです」

「なぜ護符なのだ？　魔力を使えばいいのでは。まさか」

ミロスワフは頷いた。

「魔力のある者なら自分の身は自分で守れます。だけど、すべての者に魔力があるわけではない。ヘンリク先生は、魔力保持協会が庶民に害をなすことを心配しておりました」

そんな馬鹿なと言おうとして、スワヴォミルは思いとどまった。魔力保持協会がそんなことをするはずないと言い切れなかったのだ。実際、舞踏会でカミルはその場にいる全員に影響する魔力を使っていたそうだ。許可を得てと言いながら。

どこの許可だ？　それはもちろんカミルの所属する――。

「魔力保持協会は何を考えている？」

「わかりません。ただ……ヘンリク先生は、魔力があるという理由だけで貴族に権力が偏る傾向を憂いておりました」

「もしかして君がその先生に近付いたのはアリツィアのためか？　魔力のない我が娘をなんとかしたかったのか」

「初めはそれもありました。ただわかっていただきたいのは、ヘンリク先生も私も私利私欲で動いてはないということです。クリヴァフ伯爵」

ミロスワフは充血した目をスワヴォミルに向ける。

「あなたもそうではないですか？　魔力の有無だけがすべてではない世界を、アリツィアやイヴォナ嬢のために作ろうとしているのではないですか。持って生まれた血筋と関係ない世界を」

スワヴォミルは答えなかった。ただ黙って目の前の若者を見つめる。ミロスワフは、そんなスワヴォミルの視線を臆することなく受け止めた。

❦　❦　❦

裏庭に出たアリツィアは、大きな水がめを見つけた。覗き込むと、汲《く》んだばかりなのか綺麗な水が入っている。

「少し、分けてもらって……いいかしら」

独り言のように断って、顔を洗った。ついでに、スカーフを外して髪を濡らし、簡単にまとめ直す。

かなりすっきりしたアリツィアは、もう一度スカーフを巻き直して、裏口から台所に入った。ふと見ると、火の消えた竈《かまど》の近くに召使い用らしき服が置いてある。村娘が着るようなワンピースとエプロンだ。

——服の持ち主はいらっしゃらないのかしら？

ホウキはあったが、クモが巣を張っている。かなり長い間使われていないようだ。これだけ好き勝手に動き回って誰にも出会わないということは、元々カミルしか住んでいないのだろう。

——じゃあこの服はどなたの？

当然の疑問が浮かんだアリツィアだが、それより今は、と気持ちを切り替えてあたりを見回す。

「お借りしますわ」

アリツィアは、大鍋の後ろに身を隠すようにして、深紅のドレスからそれに着替えた。脱いだドレスをふんわりと畳んで床に置き、やっと一息つく。

——調理器具は使えそうですね。

アリツィアは、勝手ついでに台所で簡単な朝食を作った。たまねぎとかぶのスープだ。固いパンを見つけたのでそれを添える。台所のテーブルと椅子を借りて、食べ始める。

「いただきます！」

バタン、とドアが開いてカミルが飛び込んできた。

「一人で食べるのかよ！　そこは一声かけるんじゃないか？」

「カミル様、いたんですか」

「ていうか、僕の家だから」

アリツィアは笑う。

「なんの笑いだよ？」

アリツィアは改めて立ち上がって淑女の礼をした。

「いろいろとありがとうございます、スカーフにお水に服。用意してくださったんですね」

ここにいるのがカミルとアリツィアだけなのだから、必然的にそういうことになる。魔力なのか、単に気配を消しただけなのかはわからないが、アリツィアの様子を気にしてカミルが揃《そろ》えてくれたのだろう。アリツィアに直接聞けば早かっただろうに、それをしないのがこの魔力使いのひねくれたところだ。

案の定カミルは、嫌そうな顔をした。

「そこはわかっていても知らないふりしろよ」

ため息をついて向かいに座るカミルに、アリツィアは驚いた声を出す。

「あら、もしかして一緒に食べます？　だったら用意しますけど」

「いやいや、その質問おかしくない？　ここ僕の家だよね？」

「あ、お礼なら結構ですわ。わたくしも材料を勝手に使わせていただいたので」

「なんで僕がお礼を言うの」

「だから結構ですってば」

結局二人で朝食をとった。

食後、これもお礼のうちだからとアリツィアはそのまま台所で食器を片付ける。カミルはもの珍しそうにその様子を眺めて言った。

「あんたなんで料理とか片付けができるのさ。クリヴァフ家は人を雇えないほど貧乏な貴族じゃないだろ」

手を動かしながらアリツィアは答える。

「わたくしのお母様は庶民出身なので、手料理を振る舞う日がたまにありましたの。わたくしもイヴォナも簡単なお料理や家事ならできますわ。一緒にいる時間が長かったら、それ以上のことを教えてくれたでしょうね」

「今は一緒にいないの？」

「子どもの頃亡くなったんです。病気で」

思えば身分の違う結婚をして、母も苦労しただろうか。料理を作るのは郷愁の表れだったのだろうか。アリツィアは母の顔を思い出して呟く。

「もっと、もっと、いろいろ教えてほしかったって思うことだらけですわ」

「……あんたさ、ミロスワフと結婚するの？」

「あんたじゃありません。わたくしには、アリツィアという名前がちゃんとあります」

「今さら？　まあいいけど。それで？　アリツィアはミロスワフと結婚すんのか？」

「昨日知り合ったばかりの人になんでそんなこと話さなきゃいけないんですか」

「名前呼ばせておいてその仕打ち!!」

「ていうか、わたくしまだ怒っていますからね？　せっかくの舞踏会をめちゃくちゃにしたあなたに。どれほどの人の手間がかかっていたと思うんです。何が目的か知りませんが、大魔力使いに一番近いと言われるカミル様ならもっと手際よくできたのではないですか」

舞踏会をめちゃくちゃにすること自体が目的かもしれないので、あえて手際の悪さも突《つっ》いておいた。思った通り、年若い魔力使いは拗《す》ねたように口を尖らせる。

「悪かった。確かにあん……アリツィアの言う通り思い付きで行動したし、舞踏会も派手にやり過ぎた」

素直に自分のしたことを認めて謝ったことにアリツィアは驚いた。だが、顔には出さずに付け足す。

「それはわたくしではなくサンミエスク公爵家におっしゃることでしょう」

「それは嫌だ」

「なぜですの」

「言っただろ？　僕、ミロスワフ嫌いって」

「ミロスワフ様と何かありましたの？」

「なんにも。なんにもないけど、昔からなんか嫌いだ。昨日会ってもっと嫌いになった。あんなに素敵な婚約者様を嫌う人なんていないと思っているアリツィアには悪いけどさ」

カミルはアリツィアを挑発するように笑った。しかし。

「あら」

アリツィアはあっけらかんと答える。

「カミル様の気持ち、わからなくもないですわ」

「わかるの!?」

「ええ。思えば……昔のミロスワフ様は少々、ほんの少々ですが、無自覚に人を苛立《いらだ》たせるところがありましたもの。推測ですけど、年下のカミル様によかれと思って必要としていない世話を焼こうとしたのではないかしら？」

「そうだけどそこまで言い切るんだ⁉」

「あら、言っておきますが陰口じゃありませんわよ」

「どこがだよ⁉」

「本人にも言いました。手紙でですけど」

そう言ってアリツィアは、拭いたお皿を棚に戻し終えた。

「それ、あいつなんて答えたの？」

アリツィアは少し考えてから口を開く。

「内緒にしてくださいね？　あまり人には言わないようにしているのですけれど、今回はわたくしから言い出しましたし」

いつ来るかわからない手紙しかお互いの気持ちを伝える術《すべ》がなく、不安だったあの頃。初めは「いい子」でいようと、ミロスワフの意見をすべて呑《の》み込んでいたアリツィアだが、不安が不満になるのに時間はかからなかった。

「ミロスワフ様のお手紙はいつも完璧でした。毎日自分がどれほどの学びを得たか、これから自分はどうしたいか。そういったことが熱く語られていました」

「書きそう」

「真っ直ぐ前を見て、未来を信じるミロスワフ様がわたくしには眩《まぶ》しくて、そのせいでしょうか。わたくしミロスワフ様にとても」

幼かった自分を思い出し、アリツィアはため息をついた。

「ムカついたんです」

「は？」

正確にはそれ以外の感情もあったのだが、当時のアリツィアには他人に伝えられるほどそれを整理できなかった。

「ミロスワフ様の真っ直ぐさには、それ以外の道を歩く者への優しさが欠けている気がしました。道は真っ直ぐでなく、曲がったり坂道だったり、ときには落とし穴だらけかもしれないのに真っ直ぐなものしか道と認めてない気がしたんです。ただ当時のわたくしは、それを無性に苛立つとしか表現できなくて」

「だから、ムカつくと？」

「はい。伝えました」

「僕、初めてあいつに同情してるかも……」

「そうしたら、真っ直ぐ過ぎることのどこが悪いのかわからないって。まあそうですよね。そこから議論の応酬ですわ！　お互い譲らないものですから、一回の手紙の厚みがすごいことになりましたの！」

あまりに分厚すぎて、誰もそれを恋文と思わなかったのも、アリツィアがミロスワフとの関係を隠し通せた一因だ。

「まるで何かの重要書類みたいに、毎回小包で送られてきましたわ。まあ重要は重要ですけど」

当時を思い出したアリツィアは、小さく笑って続けた。

「そんなやり取りを繰り返すうちに、わたくし、いつの間にかミロスワフ様に自分の気持ちをすべて打ち明けられるようになっていましたの」

気付けば、住んでいる場所は遠くても、家族よりも仕事相手よりも近くにいた。

誰よりも近くに。

「長い時間をかけて本音を出し合ったせいでしょうか。あの人はわたくしの一番大事な人になっていましたわ」

「って、のろけじゃん！」

カミルの叫びを無視して、アリツィアは話を元に戻す。

「まあ、カミル様にはカミル様の事情がおありですよね。わたくしとしてはサンミエスク家に謝ることをお勧めしますが、無理にとは言いません。となると、無関係なわたくしをそろそろ送っていただけません？」

ここでアリツィアはカミルが頷くと思っていた。カミル自身非を認めているし、なによりアリツィアを置いておくメリットがない。

だが、意外なことにカミルは首を振った。

「うーん、最初はそのつもりだったんだけど」

カミルは無邪気な仕草で手を伸ばし、スカーフから出ているアリツィアの髪を一房掴んだ。

予想もしない行動にアリツィアが目を丸くしていると、カミルはそれを楽しそうに指に巻き付けた。

「ミロスワフへの嫌がらせのつもりが、いつの間にか僕、気に入ってる、アリツィアのこと」

「わたくしを⁉　なぜ？」

「話を聞いてたら、なんとなく」

「今までのやり取りのどこにそんな要素がありました？」

「自分でもわからない。いいじゃん、ゆっくりしていけば？」

カミルは満足そうに笑いながら、指に巻いた髪を解いていく。

「お腹いっぱいになったらなんだか眠くなったよ」

そして大きなあくびをして、台所を出て行った。

「僕もう一度寝るね。晩ごはんもよろしく」

残されたアリツィアはこの一連の出来事で初めて焦りを感じていた。

──わたくしをここに置いておく？　なぜ？

まったくわからない。

台所の椅子に腰掛けて、アリツィアは考えた。

手応えは十分だった。商談だったら成功だ。だが、現実は逆。

──なぜ？

交渉の材料にしたいわけでもないなら、早く帰した方がいいに決まっている。時間が経てば経つほど、サンミエスク公爵家とクリヴァフ伯爵家を感情的に敵に回すだけだ。

——ミロスワフ様のことを悪く言ったところがよかったのかしら？　そんなまさか。一緒に悪口を言いたい子どもじゃないんだから。

「社交界嫌いの弊害がここに出るわね……」

商談以外で、裏の裏を読むのは苦手だ。アリツィアはため息をついて窓に目を向ける。陽はまだ高い。

——夜道は危険だけど昼間なら。

決意に時間はかからなかった。アリツィアは、大鍋の横の床に置いていたドレスを手に急いで部屋に戻る。

「……これでなんとか」

ドレスをベッドの中に入れ、人が寝ているように細工した。

——もったいないけれど、着て帰れそうにもないし。

アリツィアは、寝ているカミルを起こさないように足音を忍ばせ。裏口に回る。ここがどこかわからないが、いずれは人のいる場所に辿り着けるはずだ。運がよければクリヴァフ商会と関係ある店もあるかもしれない。獣と盗賊には気を付けよう。

とにかく行動するしかない。

アリツィアは大きく息を吸い込んで、裏口から外へと大きく一歩踏み出した。だが。

「帰さないって言ったよね？」

待ち構えていたかのように先回りしていたカミルがアリツィアの目の前に立ちはだかった。

「同意はしておりません」

アリツィアはその横をすり抜ける。だが。

「きゃっ！」

見えない何かに阻まれ、それ以上進めない。恐る恐る手を伸ばすと、まるで空気が壁になっているかのような硬い感触がした。

――魔力を使っているのね。

「カミル様、冷静になってください」

アリツィアは説得を試みる。

「わたくしをここに置いておいても、サンミエスク家とクリヴァフ家の恨みを無駄に買うだけです」

カミルは嬉しそうに答えた。

「別にいいよ。恨みなんていっぱい買ってる。でも皆なかなかここまで来ないんだ。クリヴァフ伯爵が来るなら、むしろ歓迎するよ」

その笑顔は、思った以上に幼かった。アリツィアはふと呟く。

「……よく考えたら、イヴォナと同じ歳でしたわね」

カミルの頬がピクッと動いた。年齢を言われるのが嫌いなのだろう。不機嫌な声を出す。

「なんだよ急に」

「なのに、お一人で住んでいらっしゃる」

「だからなんなんだってば」

「魔力使いの生活はわたくしたちからすれば謎めいておりますけれど、噂では小さい頃に、人より魔力が多い子どもを親元から引き離して、修力院というところで生活させるとか。そこで魔力について学び、必要なら外の大学にも通うんですよね。つまり、飛び級までしたカミル様はとびきり優秀でいらっしゃる」

「まあね」

多分、カミルは同世代の誰よりも才能があったのだろう。

だけど、そのせいでおそらく。

「ご学友ができる暇がなかったのでは？」

カミルはさらに不機嫌そうな目つきになったが、アリツィアは気にしなかった。

「カミル様、僭越《せんえつ》ながら申し上げますわ」

それはアリツィアも知っている孤独だったから。

母が亡くなり、父が落ち込み、妹が悲しんでいるとき。

自分がしっかりしなくてはと思えば思うほどアリツィアは一人ぼっちだった。今思えば一人で背負い過ぎていた。

だけど、幸いなことにアリツィアにはそれに気付いてくれる家族がいた。

スワヴォミルは自分の悲嘆を捨て、アリツィアとイヴォナに寄り添った。小さいイヴォナも、アリツィアにまずは一緒に泣こうと言った。

でも多分、カミルには誰もいなかった。

幼いカミルは『優秀な魔力使い』になるしかなかった。

おそらく。きっと。

アリツィアはそんなふうに思ってしまった。

同じとは言えなくても似たような孤独を知っていると。

つい。うっかり思ってしまった。

だから、言ってしまった。心から。

「カミル様、わたくしとお友だちになりません？」

ポカンとした顔のカミルに、アリツィアは気持ちが伝わるように熱を込めて言い続けた。

「必要ならわたくしまたここに来ますわ。お望みなら帳簿並みに分厚い手紙も書きます。お友だちですもの」

「友だち……？」

「そうですわ！　いい考えだと思いません？　それなら——」

だけどアリツィアは、それ以上言えなかった。

ゆっくりと変化したカミルの表情がアリツィアの言葉を遮ったのだ。

その表情。その目つき。

知っている。よく、向けられる。

——でもまさかここで。

カミルは唇の端で笑って答えた。

「僕とアリツィアが？　あり得ないでしょ？」

アリツィアは、クモの糸ほどの細さの、わずかな希望を託して尋ねる。

「……どうしてですの？」

カミルの声に迷いはなかった。

「だって、アリツィアは魔力なしじゃないか」

やめてくれというように肩をすくめる。

「魔力なしと友だちなんて聞いたことないよ」

知っていた。

わかっていた。

ただ、ちょっと……楽しかったから油断した。

勘違いした。

アリツィアは作り慣れた笑顔で呟く。

「やっぱり、届かないんですね……あなたにも」

カミルは不思議そうに首を捻った。

「アリツィア、なんでそんな顔するの？」

アリツィアは正直に答える。

「……悲しいからですわ」

「自分に魔力がないことが？」

「いいえ」

アリツィアは淡々と説明する。

「魔力がなければお友だちにはなれないとカミル様が思っていることが悲しいんですの」

「意味が――」

カミルはまだ何か言おうとしていたが、その前に。

「いたぞ！　あそこだ！」

ミロスワフの声があたりに響き渡った。

第3章　あるけどない

最初に見えたのは土煙だった。

「無事かアリツィア！」

目を凝らすと馬に乗ったミロスワフが確かに見える。背後に何人もの援軍付きだ。

「ミロスワフ様！」

アリツィアはすぐに駆け寄ろうとした。しかし。

ガン！

空気の壁にやはり阻まれた。

「もう！　これ、なんとかしてくださらない？」

「嫌だよ」

「わたくしだって嫌です。帰らせてください」

カミルはアリツィアの肩をぐい、と引いた。

「僕が気に入ったって言ってるんだからここにいろよ」

「お断りします」

アリツィアはその手を振り払う。風もないのに、周りの木が揺れた。

「なんでだよ？　僕は偉いんだぞ？　大魔力使いになるのは間違いなしだと言われているんだぞ⁉」

木の揺れは激しくなったが、アリツィアは気にしない。すると。

パシッ！

何もしていないのに、木の枝が折れた。

「カミル様、力でねじ伏せても孤独は癒せませんわ。増すだけです」

「僕は偉いんだ！」

「そうかもしれません。ですが交渉は決裂しました。もう一度言いますわ。帰らせてください」

「い・や・だ！」

パシッ！　パシッ！　バンッ！

木の枝が先ほどより多く折れていく。ミロスワフがまた叫ぶ。

「アリツィア大丈夫か！　今行く！」

ミロスワフたちはもうそこまで迫っている。その顔ぶれを見て、アリツィアは思わず叫んだ。

「アギンリー・ナウツェツィル様？　ユジェフにロベルトも！」

アギンリー・ナウツェツィルは将軍閣下の御令息だ。魔力のみならず、剣の腕では誰にも負けないとの噂だった。ユジェフとロベルトは、共にクリヴァフ商会で働く有能な若者だ。ミロスワフは誇らしげに答えた。

「もちろんサンミエスク公爵家やバニーニ商会からも人が来ている」

「お祖父様からも？」

母ブランカの実家のバニーニ商会まで関わっているとは。アリツィアは驚いた。ミロスワフは説明する。

「クリヴァフ伯爵が、頭を下げて頼んでくれたんだ。伯爵本人は、館で引き続き情報収集と指揮を取っているよ」

すぐそこまで辿り着いたミロスワフは、後ろのアギンリーたちに向かって叫んだ。

「アギンリー、気を付けろ！　魔力による障壁があるぞ」

折れた枝が空気の壁に当たることで、その存在をミロスワフたちに教える結果となっていた。

ミロスワフは剣を構え、カミルに言い放つ。

「カミル・シュレイフタ。一応聞くが、降伏する気はないか？　これだけの勢力を敵に回すのは得策ではないだろ？」

「まあね、でも……そんな気はないね！」

どおん、と爆発音が響いた。カミルが空気の壁の向こう側に何かを爆発させたらしい。アリツィアは思わずその場にしゃがみ込む。

「同じ手を何回も食らうかよっ！」

ミロスワフが両手を前に突き出すと、あっという間に煙が消えていった。誰にも爆発の影響はないようだ。ミロスワフは間髪入れずに腰の剣を抜く。

カチン！

金属と金属がぶつかるような音がした。

空気の壁を、ミロスワフとアギンリーが剣で斬り付けているのだ。しかし苦心している。二人とも魔力を付与された剣を空気の壁に押し込んでいるようだが、剣の位置はピクリとも動かない。

――あの壁、さっき触っただけでも随分固かったもの。剣でも斬れないいんじゃないかしら。

アリツィアが心配していると、

「きゃっ」

カミルがアリツィアの腕をぐいっと引っ張った。

「何しますの！」

「一回、退却するよ。奴ら苦労して壁を破壊して、何もないところを捜し回ればいいさ」

言いながら、カミルは片方の手の指を擦り出した。その動作には見覚えがある。

すぐに空中に渦が出現した。

あのときと同じ。

「行くよ」

「嫌です！」

アリツィアは抵抗したが、カミルは無理やり渦の近くに立たせようとする。ミロスワフが叫んだ。

「アリツィア！　もしかして、剣でこの壁を斬れないと思ってない？」

「は？」

アリツィアにはその質問の意図はわからなかった。ミロスワフは真剣な口調で続ける。

「いいから答えて！」

「え、ええ。それって斬れるのでしょうか、と心配しておりました」

「それだ！」

「どれですの⁉」

「アリツィア、剣で壁が斬れると思って！　それと、その渦はないものと思って！」

「いっぺんに言わないでくださいませ！」

「いいから！　アリツィアしかできないことなんだ」

ミロスワフを無視して、カミルはアリツィアを引っ張る。

「そんなの放っといて。行くよ」

「行かないって言ってるでしょ！」

アリツィアは無理やりカミルの腕を振りほどいた。アギンリーが呟く。

「吹雪の薔薇、強えな……」

それには構わず、アリツィアは精一杯の声で叫んだ。

「剣で空気は斬れる！　なぜなら空気だからですわ！」

ふっ、と剣の抵抗が弱まったように見えた。だがじっくり見ている暇はない。もうひとつはなんだっけ。えーと。

「渦なんてありませんわ！　ないったらないんです！」

しかし、それは変わらずそこに浮いていた。カミルは笑う。

「あるよ」

「あら？」

アリツィアは首を捻った。ふと思ったことを呟く。

「じゃあ、あるけど見えない？　井戸の出口みたいに」

その途端。

渦は消えた。

「消えた！」

「消えた……？」

「消えましたわ！」

それぞれが同じことを口々に叫ぶ。

ガチッ！

「こっちも斬れたぞ！」

すかさず、空気の壁を突破したミロスワフがアリツィアに駆け寄った。

「こっちへ」

「はい！」

アリツィアはためらいなくミロスワフの腕に飛び込んだ。カミルもアリツィアを捕まえようと動いていたが、アリツィアの方が一瞬早かった。

「カミル、観念しろ」

ミロスワフはアリツィアを自分の背で守るようにして、カミルと対峙《たいじ》する。ミロスワフは剣を下ろさず、じわじわと間合いを詰めた。

「めんどくさいなあ」

しかし、カミルの戦意は明らかに失せていた。

「ここで僕と君が戦って僕、得する？　アリツィアはそっち行っちゃったし」

不自然な風がカミルの髪を揺らしている。アリツィアの背に緊張が走った。これは、カミルの魔力の前触れだ。

「逃げるんだな？」

見透かしたようにミロスワフが言った。

「わかる？」

「お前は昔からそうだった」

「僕ってそんときの気分を大事にしたいからさ」

ミロスワフはそれでも剣は下ろさない。

「……言っておくが今度アリツィアに何かしたら、殺す」

「それは約束できないなあ」

「じゃあ今殺す」

「こわ！　やっぱ逃げよっと」

——逃げる？　でも渦は消えたのに、どうやって。

アリツィアが疑問を抱いていると、カミルの足元がだんだん薄くなっていった。

「えっ⁉」

「なんだあれ！」

ユジェフとロベルトは驚いているが、ミロスワフとアギンリーは動じていない。慣れているんだわ、とアリツィアは思う。その間もカミルはどんどん消え、最後に唇と目玉だけが残った。

唇がグロテスクに動いて言葉を紡ぐ。

「またね」

そして呆気なく消えた。

アギンリーたちが警戒しながらあたりを見渡したが、カミルはどこにもいなかった。

「魔力って不思議ね……」

アリツィアが思わず呟くと、

「今はね」

意味深なミロスワフの言葉が返ってきた。

「それより君が無事でよかった……」

「そうだわ！」

アリツィアはハッとしてお礼を述べる。

「皆様、ありがとうございます。わたくしのためにここまでいらしてくださって」

アギンリーがいいえ、と首を振った。

「ご無事で何よりです。あちらにバニーニ商会が用意してくださった馬車がありますので、まずは戻りましょう」

馬車に近付くと知った顔がさらに増えた。皆口々にアリツィアの無事を喜ぶ。

「お嬢様！　ご無事ですか」

「旦那様のところに帰りましょう」

アリツィアは安心して涙が出そうになった。

帰途に着く馬車の中でアリツィアはミロスワフに舞踏会から今までの経緯を話した。ミロスワフからも大まかに話を聞き終える。

❦　❦　❦

「お父様！　イヴォナ！」

「アリツィア！」

「お姉様！」

屋敷に着くと、イヴォナとスワヴォミルが駆け寄ってきた。

短期間で憔悴《しょうすい》しきった父と妹にアリツィアも全力で抱擁を返す。

——もし、わたくしに何かあったら、この二人は立ち直れなかった。わたくしがそうであるように。

父と妹に無事な姿を見せることができたことにアリツィアはまずは安堵した。

スワヴォミルはアリツィアを抱きしめたまま囁く。

「……決算は手をつけずに置いてあるよ」

イヴォナも目を潤ませて笑った。

「ちゃんと伝えましたわよ、お姉様」

アリツィアは、ありがとう、と涙声で呟いた。

⚜ ⚜ ⚜

そして、その日の夜。

アリツィアの救出に携わったものたち全員、クリヴァフ家で歓待を受けた。

「不本意ながら、気を利かすよ。ただし二十分だけだ」

スワヴォミルはそう言って、湯浴みしてドレスに着替えたアリツィアとミロスワフを客間に二人きりにさせた。

「私はアギンリー君たちと大広間で歓談しているからね。イヴォナに付いてもらうから心配はいらないよ。ただし」

スワヴォミルは最近手に入れた自慢の懐中時計をわざわざ見せつけて言った。

「いいか、二十分だぞ！　それ以上は許さないからな」

「お父様ったら……」

パタン、と扉が閉まると気詰まりな沈黙が落ちた。

ドロータに命じてお茶でも用意させようかとアリツィアが思っていると、ミロスワフが突然後ろから抱きすくめる。絞り出すような声が耳元で聞こえた。

「……本当に、無事でよかった」

回された手にそっと手を重ねる。

「来て下さって、ありがとうございました」

「行くに決まってる。何もできなかった僕のせいでむざむざ怖い思いをさせたのに」

アリツィアは、くるりと回って、正面からミロスワフを見据えた。

「わたくしが勝手にしたことです！　サンミエスク公爵家にも随分とご迷惑をおかけしたのでは？」

「それは大丈夫。倒れた皆は何があったか覚えていないらしくて。建物の不具合と、母上が突然病気になったということにして中止にした」

「そうですの」

アリツィアは、どうしても気になっていたことを尋ねた。

「あのミロスワフ様。昼間のことですが、どうしてわたくしが考えることがカミル様の魔力に影響したのでしょうか？」

なぜ自分が思うだけで、空気の壁が斬れたり、渦が見えなくなったりしたのか、アリツィアは不思議でたまらなかった。

ミロスワフは言葉を選ぶように少し黙り込む。しかし。

「そのことについては、もう少ししたらちゃんと説明するから、待ってほしい」

「わかりました」

腑《ふ》に落ちないながらもアリツィアは頷いた。

と、ミロスワフが意を決したようにアリツィアを見る。

「それよりも——アリツィア」

「はい」

「君が無事に戻ったら、なんとしてでも伝えたいと思っていたことがあるんだ」

「ミロスワフ様!?」

ミロスワフが突然その場で跪いたので、アリツィアは驚いた。

ミロスワフは、アリツィアを見上げるようにして告げる。

「クリヴァフ伯爵令嬢アリツィア様。ミロスワフ・サンミエスクと結婚していただけませんか」

「……」

「アリツィア？」

返事がないので、ミロスワフが心配そうな声を出した。アリツィアはようやく口を開いた。

「……不意打ち過ぎますわ」

「本当は舞踏会で言おうと思っていた。君が同意してくれるなら発表もそこで」

「なんてこと！」

ミロスワフは立ち上がった。

「返事を聞かせてくれるかい？」

答える前に、アリツィアにはひとつだけ確認したいことがあった。

「ミロスワフ様……昔、一度だけ、大陸からこっそりミロスワフ様が来て下さったときのこと覚えていらっしゃいます？」

ミロスワフが二十歳、アリツィアが十六歳のときのことだ。

ミロスワフは苦笑する。

「もちろん。手紙で大ゲンカしたときだ。君が、もうこんなやり取りはやめましょう、と寄越したから焦ってこっちへ来た」

短い時間とはいえ、許可なくこちらに戻っていることを大学側に知られたら厳重に罰せられる。ミロスワフは危ない橋を渡って、アリツィアに一瞬会うためだけに戻ってきたのだ。

アリツィアは目を伏せる。

「あのときもおっしゃってくださいましたよね。妻にするなら君がいいと」

「その通りだよ」

「でもわたくしは保留にしました。帳簿に夢中だから、と」

「そればかりが理由じゃないことはわかっていたよ。君は僕に気を遣って身を引こうとしたんだろ？　僕がいろんな令嬢との婚約を勧められる時期だったから」

アリツィアは小さく頷いた。自分の娘とミロスワフと婚約させたい貴族はたくさんいるだろう。今だって。おそらく。

「ミロスワフ様は、星の数ほどの縁談を、勉強を理由に断り続けていると聞きました」

「もちろん嘘だよ？　わかってるよね？　勉強が理由なんかじゃないと」

「はい」

「よかった！」

わざと大袈裟《おおげさ》に安堵して見せるミロスワフに、アリツィアは小声で告げた。

「けれど、今でも同じ不安がないかと言えば嘘になります」

恥じてはいない。

堂々と生きてきたつもりだ。

だけど、自分の事情にこの人を巻き込んでいいのか。

この人を縛っていいのか。

いつも迷ってきた。

魔力がないということは、この国ではそれほど重い。

「どうか、正直にお答えください」

アリツィアはどんな返事でも受け入れる覚悟でミロスワフに聞いた。

「本当に、わたくしでいいんでしょうか？　こんな魔力なしの、帳簿好きなわたくしで。ミロスワフ様に――」

言葉は最後まで紡げなかった。ミロスワフの唇が塞いだからだ。アリツィアは目をつぶる暇もなかった。

短い接吻《せっぷん》の後、ミロスワフはアリツィアをそのまま抱きしめた。

強く。

ミロスワフの胸の鼓動の音を、アリツィアは直に聞いた。

大きく、強く、響いている。

「君しか考えられない。君以外とは結婚しない」

いつもより近くから声が聞こえる。アリツィアは何も言えずにただ頷いた。

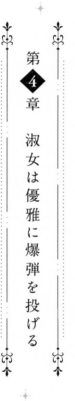

第4章　淑女は優雅に爆弾を投げる

ミロスワフのプロポーズを受け入れてから、アリツィアも周りも急に忙しくなった。

「お姉様、ドレスはやはりこちらにしません？」

「え、え。じゃあ、そうしようかしら？」

「アリツィア様、バニーニ商会様から贈り物が大量に届きました。新居に全部持っていかれます？」

「全部はいくらなんでも多過ぎない？」

「でもお姉様、足りないよりはよくなくて？」

今日も朝からイヴォナとドロータの手を借りて、新生活に必要なものをリストアップしているのだが終わりそうにない。カミルに何の動きもないのが気になるが、こなさなくてはならないことの多さにアリツィアは思わずため息をついた。

「結婚って、大変なのね」

「何をおっしゃるんですか。大変なのはこれからですよ。これ以外にも決めなきゃいけないこと、山ほどあります」

「そうよ、お姉様。覚えることもたくさんあるのよ。ま、お姉様なら大丈夫と思いますけど」

確かに、とアリツィアは気を引き締める。公爵家に嫁ぐのだ。弱音を吐いている場合ではない。しかし、アリツィアはふと疑問を口にする。

「二人とも、結婚したこともないのに、どうしてそんなに詳しいの？」

「お姉様が無知なだけですわ」

「無知」

「そうですよ、アリツィア様。大抵のご令嬢は結婚するときはああしよう、こうしよう、と夢を描いているものです」

「そのための情報交換もしておきますのよ」

「結婚する前から？」

「準備しておいて悪いことはありませんでしょう」

息の合う妹と侍女に付いていけないアリツィアだったが、実際、この二人が手伝ってくれて助かっている。

「あなたたちがいてくれて、本当によかった。一人じゃ途方に暮れていたわ」

「わたくしたちでできることなら、何でもしますわ。ね？　ドロータ」

「もちろんです！　アリツィア様はアリツィア様にしかできないことをなさってください」

「じゃあ、あっちでちょっと帳簿でも」

「それは後にしてください」

アリツィアが少しだけ、と頼もうとしたそのとき、扉の向こうからウーカフの声がした。

「失礼します、アリツィアお嬢様。お手紙が届いています」

「手紙？」

入室したウーカフは、アリツィアに一通の封書を差し出す。

「こちら、すぐに目を通していただいた方がいいかと思いまして」

「どこかの支店で不具合でもあったのかしら」

「そうではございません」

ウーカフは否定したが、アリツィアは焦りながらそれを手に取り、

「ぎゃ」

令嬢らしからぬ声を出した。

「どうなさったの？」

イヴォナが覗き込んで、あらあ、と笑ってドロータに説明する。

「サンミエスク公爵夫人からお茶会の招待状が届いたわ」

「まあ！　早速、お近付きのしるしでしょうか」

「これぞお姉様にしかできないことね。あ、二人きりみたい」

「二人きり!?」

「違った、ミロスワフ様もいらっしゃるみたいね」

「驚かさないで……」

なぜかイヴォナが自信満々に答えた。

「何人でもお姉様なら大丈夫ですわ」

しかし、舞踏会と同じくお茶会にも慣れていないアリツィアだ。すがるようにイヴォナに聞く。

「ねえ、こういうときどういったお話をしたらいいの？」

もはや、どちらが姉かわからない。

イヴォナは少し考えてから答えた。

「そうですわね、公爵夫人はさっぱりしたお人柄だと聞いていますし、そんなに気にしなくていいんじゃないでしょうか」

「……大丈夫なのね？」

「ええ、ねっとりした性格の方とだと、まるで火が付いた爆弾をお互い投げ合うような会話になるときがあるけれど」

「爆弾！」

ドロータが安心させるように付け足す。

「まさか公爵夫人がわざわざ呼び寄せてそんなことするはずありませんわ」

「そ、そうよね」

アリツィアとしてはそう願うほかなかった。

そしてお茶会当日。

例によって、イヴォナとドロータに飾り立てられたアリツィアは、今までのどの舞踏会に出席するときよりも緊張して、サンミエスク家を訪れた。

庭園にテーブルと椅子が用意されており、挨拶を済ませてから、イザとミロスワフとアリツィアの三人が席に着く。

「本当にごめんなさいね」

上等なティーカップを手に、イザは優雅に微笑んだ。

「この間はうちが主催した舞踏会でアリツィアさんに迷惑をかけてしまって」

アリツィアがイザと話すのはこれが初めてだった。舞踏会の件から結婚に関することまで、家同士の話し合いはすべてスワヴォミルとミロスワフが行っていた。

イザの姿勢のよさに怖気付きながら、アリツィアはなんとか会話を続ける。

「いえ、あの、こち、こちらこそ、ミロスワフ様や皆様に、迷惑、いえ、ご迷惑をおかけして……」

「いいえ、こちらが招待したんですから、こちらが謝るべきことですわ」

イザがピシッと言う。

「は、はい！　ありがとうございます」

ミロスワフはよく母親のことをせっかちだと評していたが、確かにイザは年齢を経てなおキリッとした美しさを保っていた。有能そうな美人というのは時に厳しい印象を他人に与えることをアリツィアは実感する。

アリツィアももちろん最大限に背筋を伸ばしてはいるが、心はすでに折れそうだった。見かねたミロスワフが口を挟む。

「そんな緊張しなくていいよ。アリツィア」

「は、はひ」

だめだこりゃ、とでも言いたげに、控えていたドロータが目を細めた。上品な仕草でティーカップをソーサーに置いたイザはアリツィアから目を離さない。

怒られる⁉　と思った瞬間、その唇がゆっくりと弧を描いて、笑顔を作った。

「わたくしのことはイザと呼んでちょうだい」

「イ、イザ様」

「仲良くしてくださいね」

「こちらこそです！」

ふふ、と微笑むイザの切れ長の目はミロスワフより濃い青だが、隣に並ぶと面差しがやはり似ていて、親子なんだなあ、とアリツィアは思う。

ふと、イザの口調が柔らかくなった。

「わたくし、アリツィアちゃんには感謝してるの。聞いたら、うちの息子を庇《かば》って、カミル・シュレイフタと渦に飛び込んでくれたとか。怖かったでしょ？」

「いえ……そんなふうにおっしゃっていただけるなんて」

「ふふ。アリツィアちゃんってほんとに可愛いわね。わたくしね、ミラノ出身なの。アリツィアちゃん、ミラノは訪れたことある？」

「まあ、ミラノですか？　行ったことはないのですが、母がフィレンツェ出身でした」

「知ってるわ。ブランカ様のご実家のバニーニ商会は有名ですものね」

よかった、これならなんとかなりそう、アリツィアがほんの少し、肩の力を抜いたのと、でもね、とイザが悲しそうに目を伏せたのは同時だった。

「ひとつ心配なことがあるの」

「母上？」

何かを察したミロスワフが制する前に、イザは喋りきった。

「アリツィアちゃん、お父様の右腕として、今もクリヴァフ商会でバリバリ仕事をされているんでしょ？　うちの息子と結婚したら、お仕事、どうされるおつもりかしら？」

――これはもしかして。

アリツィアが考えるよりも早く、イザは問いかける。

「違うのよ？　お仕事やめろなんて言わないわよ？　だって、もったいないじゃない。せっかく才能あるのに。むしろ公爵家なんて堅苦しいところに嫁ぐより、商人と結婚した方がアリツィアちゃんもよかったんじゃない？」

――直球の爆弾投げられた!?

アリツィアがなんて答えようか固まっているのを、イザは心なしか嬉しそうに見つめている。

先に抗議したのはミロスワフだった。

「やっと結婚を承諾してもらえたのに、なんてこと言うんだよ。断られたらどうするんだ」

「あらそんな大変なこと言った？」

「大変っていうか、母上からしたらただの世間話でも、アリツィアには違った意味に聞こえることもあるんだから自重してください」

「あんたって本当、そういうとこ繊細よね」

「そっちが図太いんだって」

ミロスワフとイザが会話している間も、アリツィアは必死で考えていた。必死すぎて、何も耳に入ってこない。焦りながらアリツィアは必死でイザの言葉を理解しようとする。

――えーっと、えーっと、社交界式に裏を読みますと……もしかして、牽制《けんせい》されてます？わたくし。今、これ危機？

焦った思考はろくな結論を生まない。

――うちの息子と結婚したらお仕事どうされるおつもり、は、もしかして、仕事なんかしてうちの息子の面倒を見るのがおろそかになったら困るわ、という意味なのでしょうか。

もしそうだとしたら。

アリツィアはガタガタと震えそうになった。

――しそう！　めっちゃおろそかにしそう！　わたくし！

思い当たることがありまくりだった。

イヴォナと違い、アリツィアは家政が苦手だ。

ブランカから料理などは教わっていたが、公爵家のような大きな家では自分で家事をすることはほぼない。

公爵家の女主人として人をちゃんと使っていけるのか。イザがアリツィアの資質について問いかけているとしたら、自信満々に大丈夫ですと言うことができない。努力します、とは言えるがそれはイザの望んだ答えではないだろう。

そう考え始めると、何もかもがそんな符丁に思えてくるから不思議だ。

――お仕事やめろとかじゃなく、優しい言い方だから逆に怖いというか……。

よせばいいのにアリツィアは、思考の羽を広げ出した。あっという間にさっきのイザの言葉が『結婚なんて諦めて仕事一筋で行けば？　相手？　商人でいいんじゃない？』と変換される。

――まさかイザ様も四十歳年上の大商人と結婚しろなんておっしゃらないわよね!?

なんだかんだ言ってムナーリ翁のことはトラウマになっている。アリツィアは今すぐ逃げ出したい衝動にかられたが。

――って、ダメダメダメ！

自分に思い切りツッコミを入れることで落ち着こうとした。

——ここで逃げちゃ完全に取り返しつかない！

アリツィアは自分を庇ってくれたミロスワフと、アリツィアの答えを待っているイザに視線を戻す。二人は突然黙り込んで百面相を始めたアリツィアを心配そうに見ていた。

アリツィアは思い切って口を開く。

「ひゃの！」

緊張のせいか、声が裏返ったが、頑張ってもう一度挑戦する。

「あの、あの、ですね」

なんとか喋れた。

「イザ様のご心配はもっともです」

あら、という顔をしてイザはアリツィアを見た。

「うちはわたくしとイヴォナの二人しかおりませんし、どちらかが婿を取るのが当然だと思われるでしょう」

イザはずいっと前に出る。

「でもミロスワフも一人息子なのよ。旦那様、ああ見えて真面目で、他所に子どももいないの」

後継問題を回避するため、愛人を作り、婚外子を持つ貴族も中にはいる。サンミエスク公爵家はそうではなかったのだろう。スワヴォミルも同じだったので、アリツィアは頷く。

「えーっとまず、イザ様のご心配のひとつ、わたくしの仕事のことですが、クリヴァフ商会でのわたくしの業務はすべて他の者に引き継ぎます」

「えっ、そうなの？」

「はい。もともとそのつもりで手伝っていたんです。具体的にはユジェフとロベルトという二人に、わたくしの帳簿知識を託す予定です。もうひとつ、クリヴァフ家に関しては、イヴォナの婚約者がまだ決まっておりませんので、それ次第なのですが、父は気にせず好きな相手と結婚しろと申しています」

自分が反対を押し切って結婚したせいか、スワヴォミルは恋愛結婚至上主義なのだ。

「この先イヴォナまで他家に嫁ぐようでしたら、親戚から養子を取るとも申していますし……」

「なんだかもったいないわねえ。おうちのことはそれぞれだけど、アリツィアちゃんはお仕事頑張ってたんでしょ」

そう言ってアリツィアの顔を覗き込むイザの瞳が優しくて、アリツィアは、あれ？　と思う。

「帳簿のこととか、わからないんだけど」

イザはカップを手にふんわりと笑った。

「そんなに夢中になれるんなら、結婚しても続けられたらいいのにねって思ったのよ」

アリツィアは胸が温かくなるのを感じる。

裏なんて読まなくてもわかった。

イザは本気でアリツィアのことを考えてくれている。

――深読みしすぎていましたわ。

アリツィアは素直に感謝を口にした。

「ありがとうございます、イザ様。お仕事ももちろん好きなのですが」

恥ずかしさをこらえて、アリツィアは思い切って言う。

「ミロスワフ様と結婚することも……わたくしの夢でしたので……その、至らないところはあるかと思いますが、頑張ります」

「あらあらあらあら！」

真っ赤になってやっとそれだけ言うアリツィアをイザは包み込むような微笑みを投げかけた。が、自分の息子にはニヤニヤとした視線を送る。

「はっきり言ってうちの息子にはもったいないんじゃない？」

「はっきり言うな！」

「あのね、アリツィアちゃん」

「無視かよ！」

「実は知り合いが、あのとき一部始終を見ていたの。ほら、舞踏会で、ジェリンスキ令嬢とやり合ったあれ」

アリツィアの動きが止まる。

「言いにくいんだけど、結婚披露の舞踏会にはどうしてもジェリンスキ家も呼ばなきゃいけないのよ。公爵夫人はずっと領地にいらっしゃるみたいだから、ジェリンスキ公爵とご令嬢だけになるかもしれないけど。貴族の付き合いって融通が利かないわよね」

わかっていないミロスワフが間抜けな声を出す。

「ジェリンスキ？　誰それ」

「あんたが名前を覚えていないあの人よ」

それでも首を捻っているミロスワフを置いて、イザは断言する。

「絶対何か嫌がらせしてくるわよ」

「ありそうです……」

する。ラウラなら絶対する。

「そこ、気を付けましょうね。なんにもないに越したことないんだけど、一応ね」


お茶会は早々に終わった。

「わたくしはまだまだ話し足りないんだけど、ミロスワフから気を利かせてくれって言われているのよ」

盛大にバラすイザに、ミロスワフは苦笑いする。

「その通りですよ、母上、若者に気を遣ってください」

「はいはい。またね、アリツィアちゃん。楽しかったわ」

「はい！　わたくしもです」

アリツィアは、会う前はあれこれ悩んでいた自分が馬鹿みたいだと思った。イザは、そのままの自分を見てくれる人だったのに。一度も、アリツィアの魔力のことを話題にしなかった。

それに対して無理をしている様子もなかった。

――もしかして、いえ、もしかしなくても。ミロスワフ様と結婚したら、イザ様がお母様になるんだわ。

アリツィアは胸がいっぱいになった。ブランカが亡くなってから十年。そんな日が来るなんて想像もしてなかった。

イザが立ち去るのを見届けたミロスワフはアリツィアに提案した。

「少し歩かないか？」

アリツィアはもちろん了承する。手入れの行き届いた、広大な公爵家の庭園を二人は並んで歩いた。濃淡が美しい緑の生垣に、時折、鮮やかな花がアクセントとして目に飛び込んでくる。

「綺麗ですわ」

「新居もこんな庭にしようか」

「……幸せですわ、わたくし」

「庭を歩いただけで、そんなに言ってもらえるなんて予想外だよ？」

「だって本当に本当に幸せですのよ」

カミルのことや、仕事の引き継ぎ、新しい生活。心配事がないといえば嘘になるが、ここにはそんな自分を丸ごと見守ってくれる人がいる。何かあれば一緒になって考えてくれる人たちがいる。

そう思えることは、アリツィアにとって紛れもない幸せだった。

「ミロスワフ様、ありがとうございます」

ミロスワフはアリツィアを包み込むように見つめる。

「僕は何もしてないけど、アリツィアの笑顔が見られるのは嬉しいな。あそこで少し腰を下ろそうか」

屋根付きの休憩所が見えてきたので、そこで休むことにした。

「どうぞ」

「ありがとうございます」

隣に並んで座ると、沈黙が下りた。

気詰まりなものではなかったが、ミロスワフが何を考えているのか知りたくて、アリツィアは、ちらりとその横顔を盗み見る。ミロスワフはほんの少し、真剣な目つきで遠くを見ていた。

え、あれ、どうした、これ、とアリツィアはさっきまでと違う種類の緊張を覚えた。

――な、なんだかドキドキするんですけど。

だって、とアリツィアは胸を押さえながら考えた。

――こんなに近くで、こんなに長く傍にいられるなんて、まだ信じられないときがあるんですもの。無理もないわ。

「不思議だな」

「はい!?」

同じことを考えていたのか、ミロスワフも懐かしそうに言った。

「手紙じゃ議論ばかりしてたのにな。会うとまったくそうはならない……母上はアリツィアに感謝しているそうだよ」

「わたくしに⁉　なぜですの？」

ミロスワフは苦笑する。

「アリツィアのおかげで僕が真っ当になったからだと」

アリツィアは首を傾げる。

「ミロスワフ様は真っ当じゃなかったことなど一度もありませんわ」

「そうかもしれないけど……昔の僕は人の言うことをまったく聞かず、自分だけが正しいと思うところがあったみたいなんだ。それが突然、人の意見にも耳を傾けるようになったと母上は密かに驚いていたらしい」

「まあ」

「それが君と議論しまくったことによる行動の変化だとわかって、よくぞ議論してくれたと思ったそうだ」

「……言い合ってよかったのかしら」

「多分ね」

まさかそれを誉められると思ってなかった。

それにしても。

「よくあんなに書きましたわよね、わたくしもミロスワフ様も」

「まったくだ。分厚すぎるから、寮の奴らは君からの手紙を手紙だと気付いてなかったよ。頻繁に参考書を取り寄せていると思い込んでいた」

「うちもですわ。支店から送られてくる帳簿だと皆思い込んでいました」

会いたいのに会えない寂しさを、お互い手紙で相手にぶつけていたあの頃。それでも話したいことが次から次へと出て、止まらなかった四年間。

「今だから言いますけど、わたくし、次の日手が痛くなっておりました」

「僕もだよ。周りの奴らには勉強のしすぎだと思われてたけどね」

ふふふ、と二人は顔を見合わせて笑う。

けれど、笑いが終わっても、ミロスワフはアリツィアから目を離さなかった。

ミロスワフが目を離さないので、アリツィアもミロスワフをずっと見てしまう。

長い睫毛。青い瞳。

今は触れられるほど、近くにいる。

「本当に、本物なんだな……」

「ミロスワフ様も」

同じことを思っている。

「アリツィア、目を閉じて?」

「ひ、人が見ますわ……」

潤んだ瞳で言っても、止められるわけはない。

「大丈夫だよ。この壁際は死角になってる」

その声はすぐ耳元で囁かれた。

「アリツィア……愛している」

ミロスワフがそう言って唇を近付けた。アリツィアはゆっくり目を閉じてそれを受け止めた。

❦ ❦ ❦

その後。

照れを含んだぎこちない雰囲気の中、ミロスワフが言った。

「ひとつ、お願いしてもいいかな？」

「……ええ」

「婚約もしたことだし、これからはミロスワフじゃなくミレクと呼んで欲しい。その方が呼びやすいだろ？」

確かにその方が呼びやすい。呼びやすいけど、呼びにくい。アリツィアは何回か口をパクパクさせてから、絞り出すように声を出す。

「……ミ様」

「それは省略しすぎだよ」

「ああ、やっぱりまだ言えませんわ！」

アリツィアは赤くなった自分の頬に手を当てた。

「練習しておきますから、もう少しお待ちくださいませ」

懇願するように上目遣いになると、なぜかミロスワフまで顔を赤くしていた。

「……今これ、外じゃなかったらヤバかった」

「え？」

「まあ焦ることはないか」

「そうですか？　そうおっしゃっていただけるとありがたいですわ。結婚式までに練習しておきます！」

「そのことじゃないんだけど、まあいいか」

ミレク、ミレク様。

そう呼ぶときのことを考えて、アリツィアは結婚式がさらに待ちきれなくなった。

「結婚式が待ち遠しいよ」

アリツィアが思っていたことをミロスワフが先に口にする。わたくしもですと答えようとしたら、

「……自制だ、自制」

独り言のようにミロスワフが言った。アリツィアがなんのことかと問いかける前に、ミロスワフは誤魔化すように微笑む。

「なんでもないよ」

「そうですの？」

「ところで、こんなときに無粋だけど」

ミロスワフが眉を寄せた。

「僕はさっき話していた公爵令嬢よりカミルが何かするんじゃないかと思っている」

その名前を聞いて、アリツィアも硬い表情になる。

「わたくしもそう思いますわ」

目的が何かわからないが、あの魔力使いがこのまま大人しくしているとは思えない。

「でもどう警戒したらいいのか……」

何しろ相手は渦を作って現れたり、ぱっと消えたりできるのだ。ミロスワフは頷きながら、胸ポケットからハンカチくらいの大きさの布を取り出す。

「ひとまず、これを君に渡しておくことにするよ」

アリツィアは受け取ったそれを膝の上で広げた。白地の布に、見たことのない文様が赤と紫の糸で刺繍《ししゅう》されていた。

「ヘンリク先生が作った護符なんだ。効果は万全とはいえないけれど」

「まあ！　そんな大事なものをわたくしに？　いただいていいのでしょうか」

「もちろん。とはいえ、実は、君にこれを渡すのには迷いがあった」

――迷い？

アリツィアは手渡されたハンカチとミロスワフを見比べた。ミロスワフはどう説明しようか、考えている様子だったが、ゆっくりと息を吐いて続けた。

「……アリツィア、知っての通り、君には魔力がない。いや、君とイヴォナと言うべきか」

「はい」

「魔力がない人間はたくさんいるが、君たちの特異なところは、貴族なのに魔力がないというところだ。それについては、お母上の血が強く出たのだろう。貴族の男性が庶民に子どもを産ませることはあっても、その子たちも魔力を持っていることがほとんどだからね」

「そうですわね。わたくしもイヴォナも貴族であるのに、魔力がないという点で異質なのは自覚しております。母の血を受け継いだためということも」

アリツィアは淡々と事実を認めた。そんなことはとっくの昔に受け入れたことだ。ミロスワフは真剣な表情で続ける。

「ただ、それは今までの価値観だ」

「今まで？　これからは違うとでもおっしゃいますの？」

「かもしれない。ヘンリク先生の説ではそうなる」

「まさか」

アリツィアは信じられなかった。思わず笑う。

「価値観がそんなに簡単に変わるとは思えませんわ。それならわたくしたちはどんなに助かったことか」

謂《いわ》れのない差別、中傷、揶揄。

魔力のない子どもを産んだことで母がどれほど苦労したか。アリツィアは母が早逝したのも、そのせいだと思っている。その苦労の元が、そんな簡単に変わるとは思えない。

だがミロスワフは怯《ひる》まなかった。

「アリツィア。大陸では、皆魔力を使わなくなってきている。少なくとも僕は大学で、魔力を使うことがなかった。必要がなかったんだ」

アリツィアはすぐには飲み込めなかった。

——魔力を使わない……？　大陸では？

「知っての通り、僕が留学していた大学は、フィレンツェやベネツィアよりも遠くて、寒い、広大な大陸にある。軍事的にも、文化的にも、我が国よりはるかに進んでいることは手紙にも書いただろう？」

「はい。どの国の者でも通える大学があるのがその証拠ですわよね。この国はまだそんな学府はありません」

ミロスワフは胸ポケットから不思議な装置を取り出した。

「たとえば、あちらでは、今こんなものが当たり前になっている」

手のひらに収まるほどの大きさのそれは、今までに見たことのない形をしていた。

ピストルのグリップと引き金だけを取り出したような、そこを握って、引き金を引くのだろうとは想像がつくのだが、それでどうなるかはさっぱりわからない。

ミロスワフは落ちていた細い枝をそれに当てる。

「見ててごらん」

右手で枝を当てたまま、左手で、かち、かち、と音を立てて、引き金を引く。何が起こっているのかわからないアリツィアはじっと見守る。数回、音がした後、ミロスワフがフーッと息を吹きかけると――。

「……嘘でしょう⁉」

枝が燃えだした。

アリツィアは驚いて聞く。

「魔力ですの？」

「違う。でも、これさえあれば誰でも火を起こせる。使い方さえ正しければ庶民でも」

「庶民でも……」

アリツィアたちの国では、魔力なしは簡単に火を起こせない。庶民は火種を消さないように、毎晩、炭を壺に入れておく。扱いを間違えれば火事になるので神経を使うし、実際不幸な事故は頻繁に起きている。

だが、この道具があれば、そんな苦労は無用になるのだ。

「これだけじゃない。大陸やほかの国ではこんなふうに、魔力より便利な道具が今流行しているんだ。値段が高いものもあれば安いものもある」

「それはどなたでも買えるのですか？」

「ああ。庶民も大事なお客さんだからね。売り手も庶民にも便利なものを開発する。その繰り返しで、魔力なんて置き去りの傾向さ」

ミロスワフはゆっくりと言った。

「時代が変わっていってるんだ。つまり価値観も変わっていっている」

アリツィアはそこで初めて、ミロスワフの言っていることを理解した。

「変わらないと、思い込んでいました。他でもないわたくしが」

ミロスワフが頷く。

「もちろん、大陸の変化をこの国がすぐに受け入れるのは難しいだろう。昔ながらの様式を守って生活しているこの国は、新しいものが嫌いだから」

「ミロスワフ様はこの王都でさえ、大陸の基準からすれば田舎だと手紙に書いておられました」

「ああ。だけど、どれくらいの時間がかかるかわからないが、いずれこの国も大陸のようになると考えるのは自然じゃないか？」

「そう、ですわね」

アリツィアの目から涙がこぼれた。

「アリツィア⁉」

「申し訳ありません……もしもだなんてことすら考えたことなかったので、つい」

もしも、魔力なしが差別されない世の中になったら。もしも、魔力なしでも庶民でも、貴族と対等の世の中になったら。そんな仮定さえ抱いてはいけないと思っていた。

ミロスワフはアリツィアの涙を指で拭う。

「僕にできることはなんでもするつもりだ」

「ミロスワフ様」

「次の時代は、アリツィア、君のように魔力など関係のない生活を送る人が増えると僕は思っている」

ミロスワフは力強く言った。

アリツィアは護符だと渡されたハンカチで涙を拭いそうになり、慌てて自分のハンカチを取り出す。

「取り乱して申し訳ありません」

「いいんだ。むしろ嬉しいよ。僕の前だけだろ？　そんなふうに揺れるのは」

アリツィアは肯定の意味で黙り込んだ。

ハンカチを畳みながら、ふと思ったことを問いかける。

「ただ、あの、ミロスワフ様……それでは魔力のある方たちはどうなりますの？」

魔力があるということは、この国では特権だ。

それを守ろうとするのではないか。

「魔力を使うのも体力や気力がいるからね。便利な道具がそれに変わるなら、乗り換えるだろう。そうしてヘンリク先生が言うには、いつか魔力は無くなるだろうって」

「無くなる⁉」

さすがにそれは大げさではないか。しかしミロスワフは真剣だ。

「魔力は特殊な力ではなく、人々が共有するひとつの概念かもしれないんだ」

「共有する概念？」

眉を寄せたアリツィアに、ミロスワフが説明する。

「皆があると思えばある。それが魔力ってことだよ。まあ、いろんな難しい理屈はたくさんあるんだけど」

「ですが、魔力はありますわ。わたくしにはありませんけれど、ミロスワフ様だって、わたくしに遠慮して使いませんけど、軽いものを動かしたり、花を枯れさせないようにできるでしょう？　それが無くなるなんて信じられませんわ」

「確かに、僕たち貴族はそれができると思い込んで育ってきたね。でもこれからはわからない。魔力なんて貴族の傲慢な思い込みだったかもしれないということだ」

ミロスワフはアリツィアの手に手を重ねた。

「アリツィア、君は僕たちとは違う思い込みを生きているから。だから、井戸を消せたし、空気の壁も斬れた」

ミロスワフの言うことはアリツィアにはよくわからない。

わからないけれど、もしかして。

「わたくしの思い込みが、カミル様の魔力に影響したのですか？　大魔力使いに近いと言われているあの方の？」

ミロスワフは重ねた手に力を込めた。

「そうだよ。他にもいろんな要素はあるだろうけどね」

「信じられませんわ」

「だけど、百年前と今、全然違う生活をしている。百年後も今と違う生活をしているはずだと思わないかい？　それが時代の変化だよ」

そう言われたアリツィアは、なぜか変化することが、ほんの少し、怖くなった。今までと違う考え方。今までと違う時代。

――それが、怖い。

ミロスワフが自分のことを思ってくれているのはわかっているのに。

ミロスワフは、護符のハンカチに視線を寄越した。

「だから、こんなものは、本当は渡したくないんだ。魔力があるという幻想に君を縛る気がして。それでも危険な目に遭わせたくないしと、葛藤している」

「……使うことのないように、なるべく一人にならないようにしますわ」

ミロスワフは思い出したように付け加えた。

「アリツィア、一度ヘンリク先生に会ってくれないか？　結婚式の少し前からこちらへ来てくれるとのことなんだ。ぜひ君と話したいとおっしゃっている」

「まあ、それは非常に光栄ですけれど」

アリツィアはつい、物憂げな表情をしてしまった。ミロスワフが気遣う。

「今日は難しい話ばかりで、困らせたね。先生と会うときは、いつも通りのアリツィアでいいから何も心配いらないよ。ヘンリク先生は、君の帳簿の話が聞きたいとおっしゃっていた」

「帳簿？」

「ああ、君が熱く手紙で語ってくれていたことを先生に話したんだ。そしたら面白いと」

――帳簿？　帳簿でいいんですの？　そんなの……。

「大歓迎に決まってますわ！」

「だろ？」

「そうですか、帳簿ですか。さすが有名な先生ですのね。目の付け所に尊敬いたしますわ。まあまあどうしましょ、何から話しましょうか。わたくしとしては、あれは、仕組みも画期的なんですが、やはり数字の種類が違うところから聞いていただきたいですわね」

「数字？」

「ええ、アラビア数字と言って、それを取り入れると計算がとてもはかどりますのよ！　ベネツィアやフィレンツェの商人たちが使っているのを、お祖父様から聞いて試したら大成功でしたわ！」

「うん。実は知ってるよ。何回も聞いたからね」

声に笑いをにじませてミロスワフが頷く。

「そうでしたわね！　失礼しました」

「全然失礼と思ってないとこも、いつもと同じだね」

「いいじゃありませんの」

「うん、いいよ」

「そうですの、ヘンリク先生も帳簿に興味があるんですね……」

ご機嫌になった婚約者をミロスワフは愛しそうに見つめる。

「アリツィア、数字もそうだけど、時計もすごいと思わないかい？　それに音符。音を書き留められるんだよ」

「言われてみればそうですわね」

父スワヴォミルのお気に入りの懐中時計を思い出して、アリツィアは答えた。

「時計があるから、いつでも時間を見られるようになりましたものね。音符も」

「そう考えたら時代の変化も悪くないだろう？」

——数字や時計や音符のような、変化。

それならば、アリツィアも素直に受け入れられるような気がした。

「あー、早く結婚したいな」

素直すぎるミロスワフに、アリツィアは微笑んだ。

「それはわたくしもですわ」

笑いあって、それではまたと、その日は帰った。

幸せなのはそこまでだった。

「アリツィア様！　大変です！　イヴォナ様が！」

帰宅したアリツィアを待ち受けていたのは、イヴォナが行方不明になったという知らせだった。

第5章　数字から見えてくるもの

「お父様！　イヴォナに何がありましたの⁉」

アリツィアは挨拶もせずスワヴォミルの部屋に飛び込んだ。無作法だと怒られても構わない。だが、とがめる者はいなかった。

「アリツィアか」

スワヴォミルは紙のように真っ白な顔をして、寄りかかるように椅子に座っていた。

「アリツィア様、申し訳ございません……」

父の向かい側に立っていた使用人のトマシュが、アリツィアに深々と頭を下げる。見ると、トマシュの左の肩から肘にかけて包帯が巻かれていた。シャツやズボンは破れて血が着いている。

「トマシュ！　怪我してるじゃない！　いいから座って」

「いいえ、大丈夫でございます。私は……ここで」

「アリツィア様」

父の傍にいたウーカフが、アリツィアの前に進み出た。

「僭越ながら私から説明いたします。本日、イヴォナ様はレナーテと、ここにいるトマシュを連れて街に買い物に出ておりました」

レナーテとは最近入ったイヴォナ付きの侍女だ。イヴォナよりひとつ下で、気が合うのか、イヴォナはとても可愛がっていた。

「確かレナーテは、スモラレク男爵の推薦だったのよね？」

「はい。男爵夫人の遠いご親戚とのことでした」

口数は多くないが、機転の利く、利発な侍女という印象だった。

「トマシュが言うには、イヴォナ様は最近有名な絵描きのところに出向いたそうです」

「絵描き？」

「なんでも、新しい技法で描き、人気がでているそうです。アリツィア様のご結婚の際の記念に、アリツィア様の絵姿を残しておきたいとイヴォナ様はお思いになりまして。アリツィア様に内緒で注文に行ったそうです」

「わざわざイヴォナが？」

「偏屈な画家らしく、遣いの者では納得しない上に、イヴォナ様自身もその画家の絵を実際にご覧になりたかったそうで、足を運ばれたようです」

「そうなの…」

トマシュが口を挟む。

「ですが、せっかく訪れたのに、絵描きは留守でした。仕方なく私どもは、すぐ帰りました」

何が起こったのかわからなかったと、トマシュは言った。

「町外れに来たとき、突然、馬車が暴走し出しました」

トマシュが手綱を引いても、馬は落ち着かない。このままでは横転してしまう。トマシュはなんとかイヴォナたちを守ろうとした。

すると。

「急にあたりが真っ暗になりました」

「真っ暗？　雲が出てきたの？」

「いいえ。なんというか、突然何も見えなくなったんです。暗闇に包まれたというか」

馬を抑えようとしていたトマシュは一瞬、それに気をとられた。

ハッとしたときには遅かった。

馬はトマシュを振り落とした。トマシュは、空中にいる自分を感じた。うわあ、という自分の声が遠くに聞こえるようだった。

記憶はそこで途切れた。

「どれくらいたったのか、怪我をして気を失っているところを、通りかかった農夫が助けてくれたんです」

「そしてここまで運ばれてきたわけでございます。農夫が言うには、私と壊れた馬車しかなかったと」

ウーカフが付け足す。

「捜したところ、馬だけ近くで見つかりました」

その怪我は投げ出されたときのものだったのか、とアリツィアは思う。

「でもそれって……」

あたりが真っ暗。

アリツィアが口にする前に、スワヴォミルが呟いた。

「カミル・シュレイフタの仕業に決まっとる……」

アリツィアも硬い表情で頷いた。

舞踏会のときの煙。あれを思い出したのだ。

そんなことができるのは魔力使いの中でもトップクラスの者しかいない。

「でも、なんのためにイヴォナを……」

思い当たることはひとつしかない。アリツィアは苦い思いで口にする。

「……わたくしのせいですわね、きっと」

カミルの目的がミロスワフなのか自分なのかわからないが、イヴォナは巻き込まれたのだ。

それしかない。

しかしスワヴォミルはそれには触れなかった。代わりにトマシュに視線を寄越す。

「そこのトマシュは、こう見えてそこそこの魔力の使い手だ」

トマシュが申し訳なさそうに頭を垂れる。

「馬車にだって防御の魔力を施していた。なのにイヴォナとレナーテはさらわれた。カミルの仕業としか思えない」

「旦那様、どうか横になってくださいませ」

ウーカフが気遣うように声をかけたが、血走った目をしたスワヴォミルには、もはや誰の声も耳に届かないように思えた。

アリツィアはスワヴォミルに言った。

「お父様、どうぞ、ここはわたくしにお任せください」

心労のせいか、アリツィアがさらわれて以来、スワヴォミルは体調が優れないようになっていた。スワヴォミルにこれ以上負担をかけさせるわけにはいかない。アリツィアは決意した。

「わたくしが、イヴォナとレナーテを無事に取り返します」

相手が魔力使いだろうが、関係ない。

「絶対に」

❦ ❦ ❦

スワヴォミルを、なんとか寝台に横にならせたアリツィアは、トマシュにも自室で休むよう指示を出した。

そして、着替える間も惜しんで、ミロスワフを含む何人かに使いを出した。

——イヴォナに関することで、内密に力を借りたい。申し訳ないがクリヴァフ伯爵家に足を運んでくれないか、と。

宛先は、ユジェフにロベルト、そしてミロスワフ。あのとき、アリツィアを助けにきてくれた人たちだ。

アリツィアが人を呼んだと察したドロータが手早く準備を始める。

イヴォナとレナーテがいなくなったと聞いて、ショックを受けているのは同じはずなのに、ドロータは努めていつも通り振舞っていた。その健気さに心を打たれる。

——ドロータの、いいえ、皆の気持ちに報いるためにも、イヴォナとレナーテをなんとしてでも見つけなきゃ。でもどうやって。

カミル・シュレイフタは国一番の魔力使いとの噂だ。こちらが出し抜くことができるのだろうか。こうしている間にも二人が危険な目に遭っているのではないだろうか。

するべきことが見つからないのに、焦燥感ばかり増す。

アリツィアは、イヴォナにいってきますと手を振った、今朝の呑気な自分が信じられなかった。こんなことならお茶会なんて行くんじゃなかったとまで考えたとき、ユジェフとロベルトが現れた。

赤毛に青い目のユジェフと、茶色の髪と、茶色の瞳のロベルトは、共にアリツィアより二歳年上だ。いつもは子犬がじゃれ合うように仲のいい二人だが、さすがに今回は神妙にしている。

何があったのかと窺うような目つきであたりを見回すユジェフと、その隣で、表情少なげに佇《たたず》むロベルトに、アリツィアはまずは礼を述べた。

「二人とも、ごめんなさいね。忙しいときに」

クリヴァフ商会で今一番の働き手が、ユジェフとロベルトだ。二人とも庶民出身だが、アリツィアの次に帳簿の仕組みと重要性を理解し、各支店を切り盛りしている。それだけに仕事を抜けるのは大変だ。

アリツィアのねぎらいを、ユジェフは勢いよく返した。

「ご安心ください、アリツィア様！　こういうときのために、私どもは下の者を鍛えておりますっ。それよりイヴォナ様がどうかしたのですか！」

その声量に、ロベルトが眉をひそめた。

「ユジェフ、声が大きい」

「お前の声が小さいから補ってるんだ」

「その理屈はおかしい」

「ふふっ」

アリツィアは、久しぶりに笑ったような気がした。

「いつも元気ね、ユジェフは。こちらまで明るくなるわ」

「うるさいだけっすよ」

「ロベルト、お前、アリツィア様になんてことを」

「言わせてるのはお前だ」

「相変わらず仲がいいのね」

「いいえ！」

「全然」

二人のおかげでアリツィアは気分を切り替えることができた。ピリピリしてはいけない。周りにも影響する。穏やかに、冷静に、指揮を取らねば。と、そこへ。

「アリツィア、イヴォナ嬢がどうかしたのか？」

ミロスワフが到着した。

そしてその隣に。

「突然の訪問失礼いたします。イヴォナに何かあったのでしょうか⁉」

「アギンリー様？」

声をかけていないアギンリーまで現れたのでアリツィアは驚いた。ミロスワフが説明する。

「イヴォナ嬢に関することなので、独断で私からアギンリーに話をした」

「え、それはどういう……」

アギンリー・ナウツェツィルといえば、将軍閣下の長男だ。家柄も、素質も申し分ない将来有望な騎士様だとほかでもないイヴォナ本人が、以前、教えてくれた。

だが、それはあくまで社交界の噂話としてで、イヴォナもアリツィアも、アギンリーと話すのはこの間が初めてだった。

ミロスワフとアギンリーが親しくしているのは知っている。だからこそアリツィアを助けるときも来てくれたのだろう。しかし今回はなぜ？

アギンリーはうやうやしくお辞儀をした。

「改めてクリヴァフ伯爵様とアリツィア様にご挨拶するつもりでした。私、アギンリー・ナウツェツィルは、イヴォナ様とお付き合いしております」

「え？」

「えええ！　イ、イヴォナ様って、イヴォナ様⁉」

アリツィアとユジェフは、驚きを隠せなかった。けれど。

「……知ってたっす」

「私も」

「私もでございます」

その二人以外、驚かなかったことに、アリツィアはさらに驚きを重ねた。

「ロベルト？　ドロータ？　ウーカフまで？　ご存じだったの？　いつの間に？」

「ロベルトお前、教えろよ！」

ミロスワフが困った顔で笑っていた。

「気付いてなかったんだね、アリツィア」

「ミロスワフ様まで？」

「いずれ、イヴォナ様からアリツィア様に直接、お話するはずでした」

ドロータが呟いた。

「手短に説明しますと、私の一目惚《ひとめぼ》れです」

アギンリーは照れもせずそう言った。

「アリツィア様の救出がきっかけでイヴォナと出会い、この人こそ私の伴侶だと思ったのです」

ミロスワフが言い添える。

「アギンリーは手紙攻撃で、イヴォナ嬢との距離を縮めたそうだ」

「手紙？」

ユジェフの質問にアギンリーが答える。

「ミロスワフとアリツィア様を見習いました」

「ん、ごほん」

アリツィアは誤魔化すように不自然な咳《せき》をした。帳簿の山に恋文を隠していたことは、家の者には教えていないのだ。

アギンリーは先を続ける。

「イヴォナはついに心を開いてくれて、私との結婚を考えるなら、まずは父と姉に挨拶してほしいと先日話していたところだったんです」

「結婚!?　もうそんなところまで？」

「イヴォナを他の誰にも渡したくなくて」

「……はぁ」

展開の早さには驚いたがアギンリーからすれば、やっと思いが届いたところにこの知らせだ。ミロスワフが気を回す理由がわかった。

アギンリーは、真剣な顔で言った。

「だから早く教えてください。イヴォナに何があったんですか？」

アリツィアはゆっくりと事実を告げる。

「……侍女と一緒に買い物に行って、さらわれました」

「さらわれた⁉」

ミロスワフの顔にも驚きが走った。

アリツィアはこの場にいる全員に、イヴォナとレナーテがいなくなった状況を話した。

「煙のようなものに包まれた……イヴォナ嬢たちがさらわれた件に、カミルが関わっているのは間違いないだろう」

「そうすか？」

眉を寄せて発言したミロスワフに、ロベルトが反論する。

「そもそも向こうの目的がまだわかってないじゃないすか。前回、アリツィア様、今回、イヴォナ様。その魔力使いは、クリヴァフ家のお嬢様を狙って何がしたいんですか？」

「それは……」

「はっきりわからないなら、まだカミルの仕業と決めつけないほうがいいんじゃないすか」

「ロベルトの疑問はもっともだわ」

言われてみればその通りだった。前回のことがあったので、スワヴォミルもミロスワフもアリツィアもカミルの仕業だと決めつけすぎていた。

「可能性はすべて検討すべきよね？　見落としがあってはいけないわ」

「確かに」

ミロスワフも同意する。

アリツィアはユジェフとロベルトに向き合った。

「二人とも、各支店の帳簿を調査してくださる？　全部。人は使ってくれて構わないわ。そうね、決算に不備が出たから、とでも言い訳して。わたくしからも通達を出します」

一瞬、沈黙が下りた。

「……各支店の？　まさか」

「全部、すか？」

「何かわかったら逐一報告してちょうだい」

「鬼……」

「えげつない量っすよ」

アリツィアは人差し指をぴんと立てて、ずいっと前のめりになる。その分、ユジェフとロベルトが後ろに下がったことにも気が付かない。

「でも、あなたたちならわかってくれるはず。数字から見えてくるものがあるってこと。魔力には太刀打ちできない。それなら魔力以外で切り崩せる方法を考えましょう。ここから、絶対に、何か出てくるとわたくしは確信しています」

「いや、それはわかりますけどあまりにも量が」

「商品が売れているわけでもないのに、突然羽振りがよくなった店はない？　あるいは売掛を払わず逃げそうな取引先はいない？　なんでもいいわ。おかしいと思ったこと、全部調べて報告して。お願い、あなたたちしかできないことなの。イヴォナのために力を貸して」

「これが本当にイヴォナ様のためになりますか？」

「わたくしはそう思うわ。カミル・シュレイフタが関係ないなら、我が家となんらかの関わりがある者の仕業でしょう？　数字はそれを教えてくれる」

ユジェフとロベルトが顔を見合わせ、そして頷いた。

「わかりました……」

「ありがとう！　本当にありがとう」

ロベルトが思いついた顔をする。

「それならバニーニ商会にも協力してもらったらどうすか？　あそこは金融まで手を出している。うちも手がけてますけど、規模が小さいですし」

「そうね、フィレンツェの銀行《バンコ》の情報までわかったら申し分ないわ。ウーカフ」

「はっ、早速連絡します」

アリツィアは、もう一度、ユジェフとロベルトを見つめた。

「音符は音を書き留める。時計は時間を形にする。そして数字は、人々の生活を写すのよ。あなたたちは数字を武器にできるの」

――変化が怖いなんて言ってられない。イヴォナを取り戻すためなら、変化さえも利用してみせる。

「了解です！」

「何かわかったらすぐに連絡します！」

ユジェフとロベルトはアリツィアの言葉に感銘を受けたように飛び出していった。

ミロスワフとアギンリーが呆気に取られたようにそれを見送る。

「数字って……すごいんだな」

アギンリーが呟いた。

アリツィアは黙って微笑む一方で、ユジェフとロベルトがどんな思いでアギンリーの告白を聞き、帳簿の精査に協力してくれたのかと思いを馳せる。

アリツィアがミロスワフと結婚する以上、スワヴォミルはイヴォナに婿を取らせることを考えていた。一番有力な候補だったのは、クリヴァフ商会で頭角を表しているユジェフとロベルトだ。本人たちもスワヴォミルの期待を感じていたのではないだろうか。

――ユジェフは気付いていなかったけど、ロベルトはアギンリーとイヴォナのことを知っていたわ。それはつまり。

イヴォナのことをそれだけ見つめていたということではないだろうか。

「でも、絶対に俺がイヴォナを見つけてみせます。すぐにでも」

アリツィアの考えを読んだように、アギンリーがアリツィアに告げた。ハッとするアリツィアに、ミロスワフが言い添える。

「私とアギンリーは、カミル・シュレイフタの家に行こうと思っている」

「ありがとうございます」

その提案はありがたかった。アリツィアから頼もうと思っていたくらいだ。カミルがいるかどうかわからないが、他に手がかりがない。

「わたくしはここでいろんなところからの返事を待ちますわね。もどかしいですけど、レナーテの家族も、もうすぐ来るでしょうし」

レナーテの家族に事情を説明することを思うと、今から胸が潰れそうになる。

ミロスワフはアリツィアの頬にそっと触れて言った。

「合間を見てちゃんと休息を取ってくれ。ひどい顔色だ」

「はい」

アリツィアはアギンリーに向き直る。

「妹のこと、どうぞよろしくお願いします」

「任せてください。必ず取り戻してみせます」

ミロスワフとアギンリーはそう言ってすぐ出発した。

「ウーカフ、お父様についていてくれる？　ドロータも、呼ぶまで下がっていいわ」

一人になったアリツィアは、ようやくソファに腰を下ろして、目を閉じる。長い長い息を吐いて、胸の前で手を合わせる。

「……お願い……無事でいて」

それ以外、今は何も望まない。

だからお願い。

どうか。

❦ ❦ ❦

ここはどこだろう、とイヴォナは硬い石の床に手をついた。

むくりと起き上がると、狭い、粗末な部屋に敷物もなく寝かされていることがわかる。

「ええと、馬車に乗っていて、それで……」

「うう……ん」

状況を整理しようとしたら、すぐ隣から声がした。

「レナーテ！」

レナーテがぐったりとした様子で横たわっていた。かすれた声でイヴォナに言う。

「……イヴォナ様……お怪我はございませんか」

そう尋ねるレナーテの方がつらそうだ。

「あなたの方が怪我しているんじゃない？　見せて！」

「なんでもございません……」

レナーテが庇うように抱える左腕を見ると、ひどく腫れていた。対するイヴォナはどうやら無傷のようだ。

「わたくしを庇ってくれたのね？　レナーテ、ごめんなさい」

いいえ、と微笑もうとするレナーテだが、痛いのか、すぐに息が荒くなる。

「早くなんとかしないと」

イヴォナはあたりを見回した。部屋に家具はなく、ドアは閉ざされている。窓は高いところにひとつだけ。そこから見える空は赤かった。

夕方？　それとも朝？

そこに下卑た声と足音が近付いてきた。

「そろそろ起きたんじゃないか」

「おいおい、あんまり怖がらすなよ。貴族のお姉ちゃんだぜ」

イヴォナはとっさにレナーテを背に、扉を睨みつけた。ここには何も身を守るものはない。

それでも。

——戦う前から負けるわけにはいけない。

ぎぃぃ、と音を立てて、扉が開いた。

「アリツィア様、レナーテの家に使いに行ったものが戻ってきたのですが」

ウーカフがそう伝えたので、アリツィアは立ち上がった。

「ありがとう。客間に通してちょうだい」

「それが、使いの者は一人で帰ってきたのです」

「どういうこと？」

「教えられたスモラレク男爵夫人の親戚の家には、レナーテという娘はいませんでした」

ウーカフが淡々と伝える。そのおかげでアリツィアも冷静を装うことができた。

「至急、スモラレク男爵夫人にわたくしがお邪魔する旨を伝えて。ドロータにも出かける用意を、と」

「かしこまりました」

一礼して立ち去るウーカフが、珍しく付け加えた。

「スワヴォミル様のことは私が見ておりますので、ご安心ください」

「ありがとう」

ドロータに手伝ってもらって着替えている間、アリツィアは考えた。

ロベルトの言う通り、カミルは関係ないかもしれない。あの魔力使いがそこまで手の込んだことをするとは思えない。レナーテが仕組まれてうちにきたというのなら、そこには何か大きな悪意があるのだ。

「ドロータ、紅を少し、濃くしてくれる？」

「はい。アリツィア様」

負けるもんですか。

アリツィアは毅然《きぜん》とした表情で、鏡の中の自分を見つめた。

❦ ❦ ❦

アリツィアがスモラレク男爵家に到着したとき、すでに日は暮れていた。アリツィアは不躾《ぶしつけ》を詫びながらも、門前で強引に男爵夫人に面会を頼む。

サロンに案内され、待っている間、屋敷が不自然なほど静まり返っていることに気が付いた。病人でもいるのだろうか。

「お待たせいたしました」

そう言って現れた男爵夫人マリシャの顔色は、見るからに悪かった。もしかして本当に病に伏していたのかもしれない。アリツィアは申し訳なさと焦る気持ちを抑えて立ち上がった。

「こんな時間に申し訳ございません、マリシャ様。至急お聞きしたいことがございまして。レナーテのことですわ」

「レナーテ？」

「以前スモラレク男爵様がわたくしの父に是非にと推薦した侍女です。妹付きの侍女として仕えてくれておりました」

スモラレク男爵とその妻マリシャは、二十ほど年齢が離れた夫婦なのだが、社交界経験が少ないアリツィアでもわかるくらい、仲睦まじかった。夜会でも常に一緒に行動しているとのことで、男爵の年若い妻への溺愛ぶりは世間でも有名だった。そんなスモラレク男爵が最近商売に乗り気で、スワヴォミルにコツを教えてもらいたいと向こうから頭を下げてきたのが親交のきっかけだ。レナーテの件もそんな流れから頼まれたのだった。

それなのにマリシャは、平然とした表情で言い切った。

「まったく覚えがありませんわ」

アリツィアは苛立ちを出さないように努力しながら続けた。

「マリシャ様。仔細《しさい》は話せませんがわたくし今とても時間が惜しいのです。スモラレク男爵家にとってもそれ相応に事情があることだとは察しますが、どうぞわかっていることを手短にお話しくださいませ。先ほどマリシャ様のご親戚の家に、レナーテについて使いをやりましたら、そんな娘はいないと言われましたの。教えてくださいませ。レナーテはどなたなのです？」

マリシャは黙り込んで椅子に座った。

アリツィアは立ったまま言葉を重ねる。

「レナーテをうちに寄越すように思い付いたのは、マリシャ様ですの？　スモラレク男爵様？どういった意図でしょうか？」

仮に、商会の情報を知りたいのなら、侍女ではなく使用人を送り込ませるはずだ。

マリシャは薄く笑う。

「相変わらず正直ですのね。クリヴァフ伯爵家の皆様は」

「正直？　どういう意味ですの？」

「素直と言いましょうか、正直に話せば、正直に答えてもらえると思ってらっしゃる」

言葉だけ捉えると褒めているようだが、その瞳は冷たかった。いつも社交界で明るく笑っているマリシャと同一人物とは思えない。今さらながらアリツィアは、マリシャの髪がところどころほつれていることに気が付いた。

「マリシャ様……先ほどから顔色がよろしくありませんわ。お疲れですの？」

アリツィアは思わずそう聞いた。

マリシャは、かつてないほど憎々しげに、アリツィアを睨む。

「時間が惜しいと言いながら、わたくしのことを気遣う余裕がおありになる。さすが、商才もあって資産家でもあるクリヴァフ伯爵家のご令嬢ですわね。見習いたいですわ」

あからさまな皮肉にアリツィアは眉をひそめた。

「わたくしはただ、思ったことを申し上げたまでですわ。気遣ったのが失礼でしたならこのまま話を進めさせていただきます。レナーテを寄越した意図はなんですの？　あの子は誰なんですか」

「うるっさいわねっ！」

ガシャン！

マリシャが叫びながら、机の上の花瓶を勢いに任せて叩き落とした。アリツィアは思わず後ずさる。

ほつれた髪で割れた花瓶を見下ろすマリシャは、見るからに常軌を逸していた。アリツィアがなんと声をかけようかと思い、ふと気付く。あれほどの音を立てながら、使用人が駆けつけて来ないのだ。見ると、アリツィアをサロンに案内した老執事が、緩慢な動作で部屋を出て行くところだ。もしかして、彼が花瓶を片付けるのだろうか。なぜ？　誰もいないから？

ふふ、と笑い声がした。マリシャが老執事が出て行った方を見て笑っている。

「そう、御察しの通り、うちにはもう何もないんですの」

「何も、とは」

「全部手放さなくてはなりませんの」

「どうなさったのですか？」

「夫が……夢を見まして」

「夢？」

アリツィアは嫌な予感がした。スモラレク男爵は、人柄は悪くないのだが思慮が浅いとスワヴォミルがこぼしていたことがある。マリシャはかすれた声で続けた。

「もともと夢見がちな人だったんですけど、知り合いから銀の鉱山があるから出資しないかと誘われまして」

アリツィアはその先がわかる気がした。

「あの人、お金はどれほどあっても困らないからとわたくしに黙って出資しましたの。わたくしに贅沢《ぜいたく》をさせるために」

マリシャは、どこか遠いところを見るような表情で言った。

「……よくある話かしら？　鉱山なんか初めからありませんでしたわ、掘っても何にも出やしない。アリツィア様。おかしいでしょう？　簡単に騙されるわたくしたちのこと」

「それは……お気の毒な」

しかし、マリシャは突然明るい表情を見せて言った。

「ええ、でもね、途方に暮れていましたら、親切な方が融資してくださることになりましたの」

「よかったですわ！」

「もちろん、いくつか条件があるのですけど……そのうちのひとつが侍女を一人、知り合いの屋敷に推薦することでした。もちろん内緒で」

アリツィアは目を見開いた。それがレナーテなのか。

「どなたですの？　その親切な方は」

「言えませんの」

「お願いします、マリシャ様」

すると突然、マリシャがまた興奮したように叫び出した。

「何よ！　侍女くらい雇えるでしょ！　何がいけないんですの！」

「マリシャ様、落ち着いてくださいませ」

「ほら、またそれ！」

マリシャに肩を掴まれ、アリツィアは思わず身をこわばらせた。マリシャは見たことのない形相で叫ぶ。

「正直者のクリヴァフ伯爵家！　正直に生きていけるのは、お金があるからでしょう！　わざわざ商人の娘と結婚してそれを隠さずいられるのは、資産家だから。娘たちに魔力がないのを隠さないのも、それくらいの瑕疵《かし》、大したことないと言えるのもお金持ちだからですわ！　結構なことですわね。自分たちだけが綺麗なままで、自分たちだけが清冽《せいれつ》に生きていけると思ってらっしゃる」

マリシャの爪がアリツィアの肩に食い込んだ。

「痛っ……！」

「奥様、おやめくださいませっ！」

ようやく戻ってきた老執事と、年老いた女中頭らしき女性に助けられ、アリツィアはマリシャから離れることができた。

マリシャはいつの間にか流れていた涙を拭いながら呟く。

「使用人ももうこの二人だけで」

「お金を貸していただいたんじゃないんですの？」

「それでも足りませんの。ここを売りたいんですけど、すぐに買い手がつくわけでなし」

アリツィアはためらいながらも口を開いた。

「マリシャ様、お屋敷の売却を考えられるなら、明日にでもクリヴァフ商会に相談に行ってみてください。わたくしからも力になるよう話をつけておきます」

マリシャは目を丸くした。

「本当に？」

「どれほど力になれるかわかりませんが」

「どうして？」

「お困りでしょう？　もちろん、うちだって慈善事業ではございませんから、できることとできないことはあります。それでも他よりもいい条件で考えさせていただきますわ」

「わからないわ。あんなふうに言ったのに、わたくし」

「ええ、そしてわたくしは何も得るものがなく帰らなくてはいけませんけど。失礼しますわ。時間が惜しいのは本当ですの」

アリツィアはすぐにでも戻ろうとした。

その背中にマリシャが声をかける。

「レナーテが誰か、わたくし、本当に存じ上げませんの」

アリツィアは振り返って頷いた。

「嘘だとは思っていませんわ」

マリシャが脱力したように言う。

「ただ、想像はつきますわ。わたくしたちのように何かで、騙された貴族の家の娘でしょう」

「騙した方は捕まえられませんの？」

「名前も何もかも偽物でした」

よほど用意周到に騙したのか。アリツィアは考えた。

「お金を貸してくれた親切な方というのはどなたですの」

マリシャは黙り込む。口に出してはいけないことになっているのだろう。時間をかけたら聞き出せるかもしれないが、今はそんなことをしている暇はない。

「じゃあ、せめてその鉱山の名前だけ教えてくださいませんか？」

マリシャはホッとしたように頷いた。それなら答えられるのだろう。

「トルン、トルンの鉱山です」

わかりました、と一礼して、アリツィアはスモラレク男爵家を辞した。

大急ぎで、ユジェフとロベルトに鉱山詐欺についての情報を知らせなくては。

何者かはわからないが、鉱山詐欺なら、どこかで大きなお金が動いているはずだ。

——絶対に尻尾をつかんでやるわ。

❦ ❦ ❦

「トルンの鉱山？　あそこが廃坑なのはその筋では有名な話だと思うんすけど、それで騙されるってチョロすぎませんか」

屋敷に帰ると、ちょうどロベルトが報告のため一旦戻ったところだった。

まとめられた資料を見ながら、ロベルトに鉱山のことを聞いたら、そんな答えが返ってきた。

ユジェフはまだ残って引き続き調査しているとのことだ。

「えーと、言葉が辛辣すぎない？」

アリツィアがそう言うと、ロベルトは肩をすくめた。

「飾ったところで一緒でしょ」

その通りなので、話題を変える。

「スモラレク男爵を騙した人はわからないかしら」

「いくらなんでもそこまでは」

「そうよね。そっちでわかったことは何かある？」

「参考になるかわからないすけど、ジェリンスキ公爵の周りが胡散臭《うさんくさ》いす」

アリツィアは書類から目を上げた。

「どういうこと？」

ロベルトは、ウーカフが用意した軽食をつまみながら言う。

「最近になって生活が派手なんすよね。出入りの商人が卸しているものも、宝石にドレス、食べ物、飲み物、全部、格上のものを使うようになってます」

「それはでも、公爵家だし、普通といえば普通じゃないの？」

知らないんすか、とロベルトはお茶を飲んだ。

「あそこ、今までわりとケチでしたよ？　いっつも値切られるって商人たちは愚痴ってました。偉そうな家ほどケチな実例だなあって話してたんです」

「えーっと、倹約家だったのね？　でも、それが最近変わってきたと」

アリツィアはさすがに声を潜めて聞いた。

「……鉱山詐欺と関係あると思う？」

「関係あっても簡単にバレるようなことはしてないでしょう」

否定しないロベルトに、やはりと思ったアリツィアは、次の言葉に驚いた。

「それよりも、ジェリンスキ家の金遣いが荒くなるのと同時に、各国の王が借金を始めたことが気になります」

「借金？」

各国の王とは穏やかでない。

「フィレンチェの銀行からの情報っす。銀行も、よせばいいのに相手が王だからと貸しているらしいんすけど、そろそろやばいんじゃないかって噂になってます。回収できなければ共倒れすからね」

「そんなに金額が多いの？」

ロベルトは肩をすくめた。愚問だった。少額なら噂にならないだろう。

それぞれの国で、資金が必要なことが起こりそうなのだ。

——まさか戦争？

アリツィアは頭を抱えた。これ以上厄介ごとは増えてほしくない。ため息混じりに言う。

「王様たちは何にお金を使うのかしら」

「あるいは誰に、ですかね？」

「……誰かしら」

アリツィアが考え込んだそのとき、ミロスワフが戻ってきた。

「ミロスワフ様！　お帰りなさいませ！」

アリツィアは作法も忘れて駆け寄った。ミロスワフは申し訳なさそうな顔をした。

「カミルの家に行ったけど、誰もいなかった。一応アギンリーがまだ張っている」


イヴォナたちのいる部屋に入ってきたのは、柄の悪そうな若者三人だった。服装からすると、身分は高くなさそうだ。

若者たちはにたにたとイヴォナとレナーテを見つめている。あまり嬉しい視線ではない。

「起きてるじゃん。話が早い」

イヴォナはレナーテを庇うように、前に出る。

「なんの話？」

「お姉ちゃんたちが遠いところに行く話さ」

イヴォナはさすがに衝撃を受けたが、顔には出さないように努めた。今、ショックを受けても何にもならない。それより出来るだけ情報を集めて、最善を考えろ。

イヴォナは相手を刺激しない話し方を心がけた。

「わたくしたち、なぜ、遠いところに行くのかしら？」

「さあ。詳しくは聞いてないね。それより仲良くしようぜ」

若者たちはじりじりと近付いてきた。イヴォナはその分、レナーテと一緒に壁際に下がる。しかしそれにも限度がある。

「怖いんだろ？　素直に怖がれよ」

イヴォナは精一杯、強がる。

「それより、教えて？　誰に頼まれてこんなことをしているの？」

「さあ？　あんたたちのことを気に入らない人だよ」

男たちはもう問答を重ねる気がないらしい。イヴォナに向かって手を伸ばした。思わず目をつぶったその瞬間。

「気に入らないなあ」

聞いたことのある声がした。イヴォナはまさかと思いながら声の方に目を向ける。

「あなたは……！」

「え？　お前どこから」

「誰だ！」

男たちとイヴォナとレナーテしかいなかった部屋に、魔力使い、カミル・シュレイフタが立っていた。前と同じ、真っ黒な服装に、黒髪、灰色の瞳。

カミルは不機嫌そうに男たちを見据えた。

「煙を作って、わざわざ僕の仕業っぽくするのが気に入らない」

煙とは、馬車を包んだあれだろうか。イヴォナは思わず言う。

「それではこれは、カミル様とはなんの関係も……」

「あるわけないだろう？　こんなブサイクなやり方」

ぽかんとしていた男がそれで動き出した。

「なんだと、この」

「うるさい」

「うっ……！」

一人の男がカミルに飛びかかろうとしたが、突然その場にうずくまった。カミルは残りの男たちにも、見えない何かを弾き飛ばす仕草をした。

「うっ！」

「ぐ……」

何が起こっているのか、男たちは座り込んだ。

「絵描きのダヴィドが教えてくれた。自分の留守に訪ねてきた女の子たちがさらわれたみたいだって。それが僕の仕業っぽく仕立て上げていたって」

イヴォナは納得した。それではこれは本当にカミルとは関係ないことだったのだ。

カミルは不機嫌そうに続ける。

「気に入らないから、お前たちの一番嫌いなものをあげよう」

声が出せないのか、男たちは目だけでカミルに訴えている。カミルはちょっと嬉しそうに笑った。

「お前たち、何が嫌いかな？　先生のムチ？　腐った牛乳？　穴の空いた靴で水たまりを歩くこと？」

そうだなあ、と腕を組んで考え込んだカミルは、ぽん、と手を叩く。

「怖い渦にしよう」

カミルは舞踏会でしたように、指を擦り合わせて空中に渦を出現させた。違うのは、その渦の内側が禍々しい赤だということ。

ひっ、とレナーテが息を呑む気配がした。初めて見たわけではないイヴォナも、それが放つ異様な雰囲気に出来るだけ遠くに身を寄せた。

カミルが感情のこもらない声で呟く。

「一人ずつ、行け」

途端に、男たちの体がすうっと浮く。

ひゅんっ。

恐怖に怯えた表情で、一人目は叫ぶ間も無く渦に消えた。

「はい、次」

「……や、やめてくれ！　助けてくれ！　頼む！」

「やだね」

カミルは指揮者のように腕を振り、それに合わせて、二人目も渦に消えて行った。三人目はイヴォナから見てもわかるくらい震えていたが、やはり免れることはなく、カミルは当たり前のように渦に放り込んだ。

「運がよければ、戻ってこられるかもね」

シュルシュルと渦が収縮し、やがて小さい点になって消えた。イヴォナはゾッとする。三人がどこに消えたのか、考えたくなかった。

「君たちは、どうしようかな」

イヴォナはカミルのその声音に、ほんのわずかだがためらいを感じた。

迷っている？

――迷っているなら好機かもしれない。

イヴォナはレナーテの背を抱えるようにして言った。真っ直ぐ、届くように。

「わたくしたちを助けてください！」

「……」

カミルは何も答えない。つまり拒絶もしていない。今しかないと、イヴォナは前のめりになる。

「あの、この子、怪我しているんです！　早くお医者様に診せなきゃ！　家に戻してください！

お願いします！」

「君たちを家に？　なんで？　僕には関係ないだろ？」

「でも、そこをなんとかお願いします」

「意外と図々しい……あれ？」

カミルはようやくイヴォナに気が付いたようだ。

「君、もしかしてあのときの妹か？」

「はい！　イヴォナです。イヴォナ・クリヴァフって……あ‼」

「な、なんだよ？　急に大きい声出して」

「だって、この服、この格好！」

イヴォナはカミルに見られたことで、今の自分の服装を思い返した。ドレスは泥だらけで、ところどころ破れ、髪はひどく乱れている。もともとお忍びのお出かけだったので、宝石も身につけていない。

「格好なんて今さらだろ」

「そうなのですけど……これじゃお礼が」

「お礼？」

イヴォナはとっさに思いつきを口にする。

「あの、魔力使いって、やっぱりお金持ちなんですか？」

「へ？」

カミルは面食らった顔をした。

「あ、やだ、ごめんなさい。違うの、お礼をしたくても今、何も持ってないから、後で改めてお礼をするにしても、どれくらいのものを渡せばいいのかと思って。何か欲しいものはないかなって。でもお金持ちなら大抵のものは持っているだろうし」

「一気に喋るね」

「ごめんなさい」

「まだ助けてもらってないのに、お礼のことを考えてたの？」

「どうしたら助けてもらえるかな、と。あと、何をもらったら喜ぶ人なのかわからなくて。でもいきなり、お金持ちですか、は失礼でしたわ。申し訳ありません……」

イヴォナは普段しっかりしてるのだが、考えることが多すぎると言葉が多くなりすぎる傾向があるのだ。カミルは小さく笑った。

「なんか気が抜けたな」

どかっとその場に座り込み、イヴォナらと同じ目の高さで聞く。

「怪我してるって？」

イヴォナは頷いて、レナーテの腫れている方の腕を指した。

「はい、わたくしを庇って……」

カミルは、片手を出した。

「普段はこういうのしないからね」

その手をレナーテの患部にかざした。

「ん……ん」

レナーテの呼吸がすうっと落ち着いた。

「レナーテ！　よかった」

「あ、言っとくけど、治ってないからね。そういうのは治せないの。後でちゃんとお医者さんに診てもらって。今は痛みと熱を取り除いただけ。それも一時的なものだよ」

イヴォナは涙目でカミルに訴えた。

「じゃあなおさら、家に帰してくれませんか？」

「なんで僕が」

「だって今おっしゃったじゃないですか。後でお医者さんに診てもらえって。帰らなきゃ診てもらえないです」

カミルはちょっと考えてから言った。

「どちらか一人だけならいいよ」

「どちらかって、わたくしかレナーテ？」

「そう。さっき三人も飛ばして、ちょっと疲れてる。一人ならいいよ。一人なら帰してあげる」

カミルは意地悪そうに目を細めた。

「ふたつにひとつだ。どっちにする？　決めていいよ」

イヴォナはレナーテの顔を見た。レナーテは心配そうにイヴォナを見つめ、何か言いかけた。

が。

「レナーテ、しっ」

イヴォナはそれを制した。そして、すっきりした表情で頷いた。

「お姉様もこういう気持ちだったのかしら」

イヴォナはふわりと笑った。

「じゃあ、レナーテを」

カミルは片眉を上げる。

「いいの？」

「考えるまでもないですわ。怪我をしているのはレナーテですもの。レナーテが帰らなきゃ、お医者様に診てもらえないわ」

「イヴォナ様」

「いいから、レナーテ」

「これだから君ら姉妹はつまんないだよな」

カミルは腕を組んで立ち上がった。

「じゃあ、レナーテ、だっけ？　手を出して」

「イヴォナ様」

「いいの、レナーテ。わたくし、お姉様の妹ですから」

「いくよ」

カミルのその一言で、あっという間にレナーテは消えた。

イヴォナはレナーテがいた空間をいつまでも見つめていた。どう見ても、ただの空間なのに人が消えた。

「先ほどから、言葉も出ないくらい驚いています……そもそもなんで消えるのでしょう」

「あ、それダメ」

「ひゃっ」

カミルはイヴォナの唇を人差し指で押さえた。予期せぬカミルの行動にイヴォナは目を見開く。

「そもそもとか考えないで。もううんざりなんだ」

手を下ろした魔力使いは、いつもの皮肉な笑い顔に戻った。

「それに言葉が出ないわりに喋りまくっているよ、妹」

「妹じゃなく、イヴォナですってば」

「あー、はいはい。ほら」

カミルが差し出した手を、イヴォナはためらいなく取って立ち上がる。それから、ドレスのひだを綺麗に整えた。これで準備はできた。

「それでは案内してください」

「え？」

「なぜ驚きますの？　このままここにわたくしを置いておきますの？　てっきりどこかに連れ

ていかれるのかと思ってましたわ」

「いや、行くけど……あんたも怖がらないね」

「わからないことを怖がっても仕方ないって、母がよく申してました」

イヴォナの言葉に、カミルは何かを思い出すかのように目を細めた。

「なんですの？」

「なんでもない」

「というか、ここ、どなたのお家なんでしょう」

「それは教えられないなあ……じゃあ、おいで」

「どこ……きゃ！」

カミルに腕を引かれたイヴォナは、一瞬、つむじ風に巻き込まれたような騒がしい感覚を覚えた。

気付けばそこは森の中で、アリツィアが滑った井戸を、イヴォナも滑ることになった。

「きゃーーーーーー」

「同じだな」

誰と、とはイヴォナは聞かなかった。そんな余裕はなかった。

井戸の底の出口と、月明かりで歩くところも同じだったが、イヴォナは知る由もない。

歩きながら、イヴォナはふと口にする。

「もしかして、カミル様はわたくしたちを助けてくれたのでしょうか」

月明かりの下で魔力使いは、呆れた顔をした。少し風が出て、木々の葉がわさわさと音を立てる。夜のせいか、土の匂いが濃い。

「どこまでお人好しなんだよ、あんたたちは。僕はただ僕のふりをして女の子をさらう奴が許せなかっただけだって」

「それにしては親切すぎる気がします。カミル様のおかげでレナーテは今頃お医者様に診てもらえているんじゃないでしょうか。むしろ、わたくしが今ここにいること、カミル様の荷物になってません？」

「訂正する。馬鹿がつくほどお人好しだった」

だって、とイヴォナは小さく笑った。

「わたくし、カミル様がそんなに悪い人だとは思っていません。お姉様と仲良しだし」

「仲良し？」

カミルの足が止まった。上等の革の靴が鈍く光る。イヴォナも並んで止まり、カミルを見上げた。月はそんな二人の斜め上にある。

「わたくしにだけこっそり教えてくれました。カミル様と仲良くなったたって。社交界に出てくる怖い人たちより怖くなかったたって」

「でも僕はアリツィアを傷つけたよ？」

「そうですわね。でも、魔力なしを揶揄されるのは、わたくしたち慣れてますから。お姉様は後からおっしゃってました。油断してしまった自分も悪かったたって。カミル様がとても寂しそうだったからこちらも無防備になってしまった、と」

「……寂しそうとか、違うから」

「そうですか？　とにかくお姉様はカミル様と仲良くなれそうだとおっしゃってましたわ。時間が足りなかったと」

カミルの声は葉が揺れる音にさえ消えそうなくらい小さかった。

「違うよ。時間じゃない。僕がアリツィアを悲しませたんだ……多分」

それきりカミルは無言で歩き続けた。

その後ろ姿がやっぱり寂しそうに見えると、伝えようかどうしようかイヴォナが迷っていたらいつの間にか小さな家の前に着いていた。それも以前、アリツィアが来たときと同じだった。

違ったのは、家の前で、イヴォナにとって大切な人が待っていたことだ。

影だけでわかる。

イヴォナは駆け出そうとした。

「アギンリー様！」

「おっと」

しかし、カミルに肩を押さえられて、それ以上進めない。

「離してくださいませ。迎えが参りましたわ」

「僕は招待していない」

アギンリーは剣を掲げた。

「カミル・シュレイフタ！　イヴォナを返せ！」

「それですんなり返すと思う？　ていうか、そちらの騎士様はイヴォナとどういう関係？」

「お前には関係ない」

「ま、ここまで迎えに来るんだから、そういう関係なんだよね。結婚するの？」

「カミル様、何を言いますの！」

イヴォナが口を挟んだが男二人はそれを無視する。

アギンリーはカミルに怒鳴った。

「それを聞いてどうするつもりだ！」

「大事なことだよ。覚悟はあんの？」

「覚悟？」

「魔力なしと結婚する覚悟」

やめて、とイヴォナは思った。しかしアギンリーは実直に答える。

「覚悟ならある！　あるに決まってる」

カミルは嬉しそうに笑った。

「ふうん……残念」

「カミル様、やめてください！」

カミルは指をぱちんと鳴らす。

「その程度ならダメだな」

——どぉん！

アギンリーの近くで何かが爆発した。

「アギンリー様！」

「大丈夫、彼は強制帰宅させたげる」

「やだ！　大丈夫ですか！　アギンリー様！」

駆け寄りたいのに何かが邪魔して駆け寄れない。イヴォナはもどかしい気持ちで空気の壁を叩き続けた。

イヴォナの目の前でアギンリーも消えていった。

頭から血を流した瀕死《ひんし》のアギンリーが自分の屋敷の庭で倒れているのを発見したのは、庭師だった。

第6章　魔力保持協会

「アリツィア様！　レナーテが戻ってきました！」

ドロータが興奮を隠せない様子で、そう報告した。アリツィアも思わず立ち上がった。

「レナーテが？」

「はい。先ほど一人で玄関に立っていたところを台所番に見つけられたそうです。怪我をしているようで、今医者を呼んでます」

「一人なの？　イヴォナは？」

ドロータがレナーテの名前しか出していないことからわかってはいたが、アリツィアはついそう聞いてしまう。ドロータはつらそうに答えた。

「……レナーテ一人でした」

「そう」

ではイヴォナはまだ助けを求めているのだ。

「とにかくレナーテを休ませてあげなくちゃ。レナーテだけでも戻ってきてくれてよかったわ」

それは強がりではなく本心だった。

「イヴォナならきっと無事でいてくれる。今こうしている間も頑張っているわ、あの子なら」

「私もそう思います」

ドロータの言葉に、アリツィアは頷いた。気持ちを切り替えて尋ねる。

「それにしてもレナーテは、どうやって帰ってきたのかしら？」

「それが、うわ言ではカミル・シュレイフタが助けてくれたとか……」

「カミル様が？」

アリツィアが怪訝《けげん》な顔をしたのと、ミロスワフがアギンリー帰宅の報告のためにクリヴァフ邸を訪れたのは同時だった。

❦ ❦ ❦

「それではイヴォナはカミル様のところにいるのですね⁉」

ミロスワフからの報告とレナーテの話を総合して、アリツィアはそう結論付けた。そして首を捻る。

「レナーテとイヴォナをさらったのがカミル様ではないのなら、なぜ、レナーテだけを帰したのでしょう。いくらイヴォナが選んだこととはいえ。それにアギンリー様を攻撃する理由もわかりません」

アリツィアは以前カミルに、友だちになれないと言われたときのことを思い出した。

——魔力なしのわたくしたちに関わる理由などないのに。

ミロスワフが口を開く。

「カミルの思惑はわからないんだけどね、アリツィア。もうひとつ、気になることがあるんだ」

「なんですの？」

「クリヴァフ伯爵の調子はどうかな」

「思わしくありません。最近では食欲もなくて」

イヴォナがいなくなってから、スワヴォミルの体調は悪くなる一方だった。

「お医者さまはどこも悪くないとおっしゃるのです。熱も、脈拍も正常で」

それなのに食欲がなく痩せていく。気持ちの問題だろうと言われていたが、ミロスワフの見解は医者とは違った。

「アリツィア、僕が以前渡したハンカチを持っている？　君を守ると言った」

「ええ、肌身離さず持っています」

今もポケットに忍ばせている。そう言うと、ミロスワフはほっとしたように息を吐いた。

「ヘンリク先生は、クリヴァフ伯爵が呪われているのではないかと言うんだ」

「呪いですって⁉」

「僕も消耗の仕方が病というより、生命力を削られているように思えるんだ」

「でも、誰がなんのために」

「それなんだけど、そいつはもしかしてクリヴァフ伯爵だけを狙ったわけでなく、君たち家族を狙ったんじゃないか？」

「まさか……」

「君はハンカチのおかげで難を免れた。そしてイヴォナ嬢は偶然かもしれないけど、クリヴァフ伯爵が寝込んだ日に」

「カミル様に助けられた？」

「そう。僕たちは、クリヴァフ伯爵がイヴォナ嬢がいなくなったショックでさらに具合が悪くなったと思い込んでいたけど、そうじゃなかったとしたら？」

ということは、つまり。

「カミル様はわたくしたちを呪った人物に心当たりがあるということですの？　その人物の行動を予測していたのでしょうか？」

「わからないけどね。実際レナーテには違うことを言っている。だが素直な奴じゃないからな」

その言い方に、アリツィアはミロスワフのカミルに対する親しみを初めて感じた。

「ご学友だったんですよね？」

「向こうが優秀過ぎて一瞬しか同じ学校に通ってないけどね」

「どんな方でしたの？　カミル様は」

「どんなって、優秀で、才能があって、そして貴族のことを嫌ってた」

「貴族を？」

「自分も貴族のくせにね？　かといって庶民に友好的でもなかったよ。だから、ほとんどすべての人のことを嫌ってたよ、カミルは。その理由を聞く前に別の学校へ行ってしまったけど」

「でも、それではなおさら、クリヴァフ家を助ける理由がありませんわね」

アリツィアが情報を整理しようと目を閉じたとき、ウーカフがロベルトとユジェフを連れて入室してきた。

「アリツィア様、大ニュースっす！」

興奮した様子のロベルトが、信じられない知らせを告げる。

「魔力保持協会が、持ってるだけで魔力が増えるお札を発行することを決めたっす！」

アリツィアとミロスワフは一瞬、ぽかんとした。

「持っているだけで魔力が増えるだなんて、ロベルト、ユジェフ、冗談にしてもひどいわ」

「持っているだけで魔力が増えるわけないだろう」

アリツィアとミロスワフは口々に反論したが、ユジェフが冷静に言い添えた。

「俺たちも信じられなかったんですけど、本当でした。魔力保持協会本部からの正式な通達だそうです」

「しかも、大陸とかフィレンツェとかからじゃなく、この国で最初に発行するらしいんすよ」

「この国から？」

大陸やフィレンツェに比べると人口の少ないこの国から発行しても、枚数はさばけない。

「それを聞いても、嬉しくないのはなぜかしらね……」

アリツィアは嫌な予感がした。ミロスワフは独り言のように呟く。

「保持するだけでも大変だという魔力を、そんな簡単に増やせるわけがない」

ユジェフが質問する。

「あの、支部はよく見かけますけど、魔力保持協会の本部ってそもそもどこにあるんですか？」

魔力保持協会はそれぞれの地域に支部協会を作っている。

貴族も、庶民も、それに所属しており、土曜ごとの礼拝や、結婚式、葬儀などはそこで行うことになっている。だが、本部については謎に包まれているのだ。

「一説では大陸の南西方面、冬は雪に埋もれてしまうような高い山の一角にその総本山があるらしいが、どんな建物で何人がそこに生活しているのか、具体的なことは何もわからないんだ」

ユジェフが驚いたような声を出す。

「わからないんですか？　あんなに大きそうな組織なのに？」

「魔力が、神から預かったものである以上総本山は選ばれた者しか立ち入ることができない神聖な場所だ、と言うのがその理由だよ」

ユジェフとロベルトが複雑そうな表情で顔を見合わせる。ミロスワフは付け足した。

「ちなみに言うと、カミル・シュレイフタが一番近いと言われている大魔力使いの立場は、各国の王の上に位置するよ。あいつが偉そうなのも無理はないんだ」

アリツィアもそれには驚いた。

「国王陛下よりも上ですの？」

魔力保持協会が国を跨いだ大きな組織だと知ってはいたが、さすがに各国の王とは対等、もしくはそれ以下だと思っていたのだ。

「魔力が神聖な物なら、魔力を管理する魔力保持協会も神聖だという理屈でね。各国の王は魔力保持協会から王座を賜っている」

アリツィアは息を吞んだ。

――そんな魔力保持協会が発行した、魔力が増える札。

誰もが欲しがるのは目に見えている。

「ユジェフ、ロベルト、その札は、支部協会でもらえるの？」

今までの流れから言えば、そこで配られるのが自然だろう。だがロベルトは首を振る。

「それが、そんな簡単な話じゃないみたいす」

「何か条件があるのね？」

「金額です」

「高いの？」

「目の玉が飛び出るような金額って、これのことだなあってユジェフと言ってたんすよ」

ユジェフが付け足す。

「札一枚につき、小国の国家予算一年分に匹敵する金貨が必要です」

「……ふっかけるわね」

「それくらい効果があるんじゃないすか？」

「それはどうかな」

ミロスワフが青い瞳を細めた。

「ヘンリク先生が言うには、魔力は使わなくなることは簡単だけど、使えるようになるのはかなり難しいらしい。例えば……魔力使いは、子どもの頃に才能を見出され、修力院に入れられるだろう？」

「ええ」

「そこでの訓練は他言無用らしいが、人間らしい生活をあえてしないことで魔力を高めるとの噂を入手している」

ロベルトが不思議そうに聞く。

「人間らしくない生活ってどんなのすか？」

「喋らない、というのがあるらしい。期間はわからないけど、少なくとも、三年か四年。集団で生活しているのに、喋ってはいけないんだ。誰一人」

「え？　人と暮らしてるのに無言ってことすか？　うっかり喋ったらどうするんすか」

「罰せられる。それも、ひどく」

「……怖いすね」

「そもそも子どもを親元から無理やり離すこと自体問題だとヘンリク先生はおっしゃっている。あそこは秘密が多すぎる。それ以外にもいろいろあるはずだ」

「……そんな」

アリツィアにとって修力院は、小さい頃聞かされるおとぎ話のようなものだった。実際の暮らしがそんな冷酷な日常だなんて思ってもみなかった。

「それくらいの訓練をしてやっと高まるのが魔力だ。どんなに高価だとしても、札一枚で変わるとは思えない」

確かに、とアリツィアも頷く。ユジェフが思い出したように、付け足した。

「あ、札って言いましたけど、実際は織物に近いそうです。東方の糸を原料にした織物で、壁にかけられるくらい大きいとか」

「高級感ありそうっすね。実際高級ですけど」

「でも高かったら、庶民はなかなか手が出せないわね」

効果のほどはさておき、魔力のない庶民こそ欲しがるものだろう。

「まあ、値段のこともありますけど、そもそも、この札は貴族にしか効かないそうですよ。だからいくら金持ちの庶民が欲しがっても無理なんです」

アリツィアは顔を上げた。

「え？　そんな……それだと」

「庶民と貴族の格差がまた開くな」

ミロスワフの言う通りだった。

魔力を持つ貴族が尊ばれ、庶民が軽んじられるのも、魔力が神から授かったものだからだ。貴族は神に愛されている。庶民よりも。

事実はともかく、「そういうこと」になっている。この札の存在は、それを強調してしまう。

「そろそろ休憩はいかがですか」

気を利かせたドロータがお茶と焼き菓子を持って入ってきた。アリツィアは、ミロスワフにお茶も出さずに話し込んでいたことに今さらながら気付いた。

「ありがとう、ドロータ。皆様、どうぞ。こんなところでごめんなさいね」

というのも、本来ならゆったりと部屋の中央にあるはずの応接机とソファが、部屋の端に寄せられており、そこにロベルトとユジェフ、そしてミロスワフが座っている。

「ここから離れると落ち着かなくて」

アリツィアは、その部屋でかなりの存在感を示している書きもの机をちらりと見た。山積みの書類は机の上だけでは場所が足りなく、もはや床にまで進出している。

「仕方ないさ、クリヴァフ伯爵が倒れてから、ずっと君が代理を務めているんだろう？」

ミロスワフの言葉に、ユジェフとロベルトも頷く。ドロータだけが眉間に皺を寄せた。

「けれど、少しは休んでくださいませ。今までの仕事もある上に、これじゃ、アリツィア様まで倒れてしまいます」

「わかっているんだけど……いろいろ気になって。イヴォナが戻ってからゆっくり休むわ」

ドロータはそれ以上何も言わなかった。焼き菓子を頬張っていたユジェフがぼそぼそと呟く。

「……イヴォナ様とは結びつかないかもしれないんですけど……各国の王が借金をしているのは、札を買うためですよね」

新しい焼き菓子に手を伸ばしながら、ロベルトも同意する。

「魔力が増えるなら、戦争になっても負けないすもんね。あ、あと、トルンの鉱山のことですけど」

「何かわかったの？」

スモラレク男爵が騙された鉱山だ。

「調べたら、別の会社をひとつ間に挟んでますが、ジェリンスキ公爵の持ち物っぽいです」

「なんですって」

アリツィアは驚いた声を出したが、ミロスワフは予想していたのか頷いた。

「ジェリンスキ公爵は以前から魔力保持協会と近いという噂だからな。なりふり構わず、汚い手を使ってでも、資金を集めて札を買いたいんじゃないか」

信じられない、とアリツィアは呟いた。

「それだけのために、スモラレク男爵夫妻のような、不幸な人たちを作り出したというの？」

「自分の権威のために他人を蹴落とす奴はいる。残念ながら」

「陛下は、この札のこと、どうお考えなのでしょうか」

「この国が一番最初に札を発行するんだろ？　そこから察せられるさ」

重い沈黙が下りた。ユジェフとロベルトも、さすがに食べる手を止めている。

ミロスワフが、アリツィアをじっと見つめて言った。

「これは思った以上に、厄介なことだと思う。舞踏会でカミルが煙を出したことを、あぶり出したと言ったろう？　あれは、貴族なのに魔力がない人物を探していたんじゃないか？」

「わたくしたち以外にそんな方いらっしゃいます？」

「それはわからないが、庶民に攻撃を仕掛けるためにあんなことをしたのではなく、この札を売るための下調べとして、魔力のあるなしを判断したかったんじゃないか」

アリツィアはまさか、と言いたかったが言えなかった。

ミロスワフは淡々と告げる。

「その結果がイヴォナの誘拐につながってる。考えてみてくれ。この札の効果をあるように見せるのに、誰が使うのが一番いい？　この札を持てる条件は？」

ユジェフとロベルトが口々に言った。

「貴族にだけしか使えないいす」

「持ってると魔力が増えます」

「あと、すごく高い」

ミロスワフは頷いた。

「クリヴァフ伯爵姉妹は、その札を使うのにうってつけじゃないか？」

――そんな。まさか。

「だからカミル様はイヴォナをさらったというのですか？　そんなことのためにイヴォナを？」

「あり得ると、僕は思うよ」

「でもわたくしをさらったときは、そんな計画があったように思えませんでしたわ」

むしろ、その場の思い付きのようだった。ミロスワフも同意する。

「確かに。それはそうだな……あのときと今、カミルの立場が変わったのかもしれない。それか、気持ちが」

気持ち？　と思ったが、ミロスワフはそれ以上何も言わなかった。

アリツィアは目を閉じた。いつまで魔力に振り回されなくてはいけないんだろう。魔力がないから。魔力があるから。神から賜ったものだから、仕方ないと思っていた。だけど。

「ミロスワフ様。イヴォナをさらったのは、神様ではありませんよね？　人ですわよね」

「僕はそう思っている」

いつかミロスワフが言ってくれたことを思い出す。

――百年前と今、全然違う生活をしている。百年後も今と違う生活をしているはずだと思わないかい？　それが時代の変化だよ
あのときの自分は、変わることが怖かった。でも。

変わることで手に入れられるものがあるなら。

変わらないことで、大事な人が理不尽に苦しめられるなら。

――このままではいられないわ。

「ユジェフ、ロベルト、新商品を売り出しましょう」

時代は変わる。

——強引にでも、変えてみせる。

ユジェフとロベルトが口々に尋ねる。

「唐突っすね」

「なんですか？」

「発火装置よ」

たとえ魔力保持協会にだって、邪魔させない。

「発火装置ってなんですか？」

ユジェフの疑問にアリツィアは、ミロスワフに以前見せてもらったものの説明をする。大陸で流行している火を付ける装置で、それさえあれば、庶民は火種の管理に悩まなくて済むのだ。

二人は目を輝かせて食いついた。

「便利ですね！　売れそうです」

「それ欲しいっす」

「ですがどうして今それを売るんですか？　いや、反対はしませんけど」

「そうね……」

アツィアはブルネットの髪を揺らして立ち上がった。窓の外の木々は、すっかり葉を落としている。

「もしも、イヴォナの誘拐に魔力保持協会が絡んでいるなら、発火装置の販売と引き換えにイヴォナを返す、なんてことを言うんじゃないかしらと思って」

ミロスワフがそれはどうかな、と口を挟んだ。

「そううまくいくかな？　むしろ相手を刺激するんじゃないか」

「でも賭けてみてもいいんじゃないかしら。やれることはなんでもやりたいの」

ミロスワフは難しい顔をしてしばらく考え込んでいたが、結局は頷いた。

「わかった。だけど逐一報告してほしい。僕の方も何かあればすぐ言うから」

「もちろんですわ！」

引き続き、カミルの家も見張っている。港にも、街にも、イヴォナらしき人物が現れたらすぐに知らせてもらえるように商会を通じて、手配してある。

とにかくやれることをするしかないのだ。

❦ ❦ ❦

イヴォナが失踪してから二週間が経った。

大陸に人をやったアリツィアは、ほどなく、発火装置を売りに出すことに前向きな返事をもらった。仕入先が見つかれば、あとは荷が届くのを待つばかりとなった。

一方、ミロスワフを介し、ヘンリク先生がクリヴァフ邸を訪れた。結婚式の前に来る予定だったのを少し早めてもらい、スワヴォミルを診てもらうのだ。

「やあ、君がアリツィアさんだね。初めまして」

初めて会うヘンリク先生は、気さくな雰囲気を持つ大男だった。大陸風の服装をしており、白のタフタで縁取りされた見事なビロードのカフタンを着ている。

「遠いところをご足労いただきまして、申し訳ありません」

アリツィアが思わず見入ると、片目をつぶって笑った。

「一張羅だよ」

だが、寝室に寝たきりのスワヴォミルを見るなり、その表情は厳しくなった。

「かなり衰弱しているね。とにかく本人の気力が大事だ」

「やはり、呪いなのでしょうか」

「まだなんとも言えないな」

客間を人払いし、ヘンリク先生とアリツィアとミロスワフの三人で話し合った。

アリツィアは懇願する。

「呪いを解くことはできませんか？」

「それはかけた本人次第なんだ。かけた人でなければ解くことができない。だが弱めることならできるかもしれない」

アリツィアはほんの少し落胆した。ヘンリク先生は即座にそれを読み取る。

「ガッカリしたかい？　でも私は、魔力使いでもなんでもない。ただの人間なんだよ」

アリツィアは素直に謝った。

「申し訳ありません。知らず知らずのうちに、わたくし、ヘンリク先生に何もかも解決していただくつもりだったみたいです。恥ずかしいですわ」

「皆そうだよ」

ヘンリク先生はまた片目をつぶった。

「名前ばかり一人歩きしているせいかね。初対面の人からとんでもない期待をされることには慣れている」

「反省いたします。まだまだ甘いですわ」

ミロスワフがアリツィアの肩にそっと触れる。

「甘くてもいいじゃないか。君は一人で抱えすぎなんだよ」

「そればかりは私も教え子の意見を尊重するよ」

それからヘンリク先生は、わずかに声をひそめた。

「呪いのことだけどね、可能性があるとしたら、この部屋に出入りする人物が関係すると思うよ。見たところ、呪具がない。となると、誰かが定期的に呪いをかけ直しに来ているんじゃないだろうか」

「そんな」

アリツィアはすぐには受け入れられなかった。

「屋敷の中に、父を呪っている人物がいるのですか？」

「そう思いたくない気持ちはわかるけど、可能性は高い」

ミロスワフがアリツィアを励ますように、じっと見つめた。アリツィアはなんとか笑う。

——大丈夫、これくらいで落ち込む暇はないんだから。大丈夫。大丈夫。

「心に留めておきます。ありがとうございます、ヘンリク先生」

この部屋を訪れる人物はそう多くない。まさかウーカフやドロータがスワヴォミルを呪うとは考えられない。

——でも、それでは一体誰が？

アリツィアは、げっそりと頬骨が出てしまったスワヴォミルの寝顔にそっと触れた。

❦　❦　❦

イヴォナがいなくなってから三週間。

発火装置の販売の目処《めど》がついた。

ユジェフが持ってきてくれたひとつを、アリツィアは大事そうに手に乗せる。

「いよいよ発売されるのね」

ロベルトが頷いた。

「前評判だけで結構な予約が入ってます」

「嬉しいわ。本当に便利ですものね」

「魔力保持協会の札も、いよいよ来月発売ですね。あのバカ高いやつ」

「誰が最初に買うのかしら」

「どうせジェリンスキじゃないですか」

「そうね……」

発火装置が世の中に広まることで何かが変わるとアリツィアは確信していた。

だが、手を尽くして捜しているイヴォナの居場所は相変わらずわからない。手がかりだけでも掴みたいのだが、何も動きがない。目の前のこと、できることに集中して最善を尽くしているつもりが、時々、謂れもない不安に駆られる。

——こんなことしていいの？　今こうしている間に、イヴォナがどんな目にあっているかわからないのに。

悪夢を見て飛び起きることも度々だ。そもそもイヴォナがいなくなって以来、アリツィアはまともに眠れていない。だけど、そんな弱さを見せないように、努力していた。

——わたくしがしっかりしないと。

ユジェフがアリツィアに誇らしげに報告する。

「これと同じものが港の倉庫にみっちりと到着します」

「ありがとう。よろしくお願いね」

そこにウーカフがうやうやしく部屋に入ってきた。

「どうしたの？」

「こちら、先に目を通していただいた方がよろしいかと思いまして」

その言葉に、いつかイザからお茶会に招待されたことを、ふと思い出す。そのせいか気軽に手を伸ばし、ペーパーナイフで開封した。

しかし、内容は全然違った。アリツィアは思わず顔を曇らす。

ロベルトが心配そうに声をかけた。

「ど、どうしたんすか？　何か厄介ごとでも？」

アリツィアはため息まじりに言う。

「舞踏会の招待状が来たの」

ああ、とユジェフが納得したように頷いた。

「アリツィア様、苦手ですものね、そういうの。いつもみたいに欠席したらどうですか？」

「それがそうはいかないみたいだわ」

アリツィアは差出人の署名を見せた。

二人が目を丸くする。

「ジェリンスキ？」

「って、あのジェリンスキですか？」

「そう」

狙いがなんなのかわからない上に、そんな気分になれないのは確かだ。

——行きたくないの極みだわ。

だが、そういうわけにはいかなかった。

第7章　婚約破棄

舞踏会当日。

アリツィアは盛大に駄々をこねていた。

「行きたくない……行きたくないよう……」

「お祭しいたします」

ドレスを着せてもらいながらぼやくアリツィアを、ドロータはふんわりと受け止めた。

「わかってくれる？」

「ですが動かないでくださいませ」

ぴしゃりと言われてさらにへこむ。

長年、社交界嫌いのアリツィアに仕えているだけのことはあり、こういう状態のアリツィアにドロータは慣れていた。動じずにアリツィアの背中の紐《ひも》をぐいぐい締める。ドロータにとってはアリツィアの憂鬱《ゆううつ》より、紫紺のドレスに刺繍された金糸が光をちゃんと反射するのかの方が重要だった。

「やっぱりこの色でよかったですわ。とてもお似合いです。月の光を織り込んだようで、アリツィア様自身を夜空の月のように美しく引き立ててくださっています」

「そ、そこまで⁉　そんなことはないんじゃない？」

「いいえ、そうです」

髪飾りは今回付けず、いつもより高めの位置に髪を結い上げ、金のイヤリングとネックレスを映えさせた。テキパキと動くドロータに、アリツィアはもはや逆らえない。せいぜい、鏡の中の自分に不安を打ち明けるくらいだ。

「行きたくない……キラキラした場所怖いよう……」

「ふう、素晴らしい出来ですわ」

仕上がりに満足したドロータは、鏡越しにアリツィアに微笑みかける。

「きっと会場のどなたよりも、美しいですわ」

「ドロータにはかなわないわ」

何気ない話をしながらも、アリツィアもドロータも、いつもなら必ず一緒に支度をしているはずのイヴォナがいないことには触れなかった。しばらく前からそうなっていた。

イヴォナの不在に慣れたからではない。

逆だ。

イヴォナがここにいないことが当たり前じゃないから、わざわざ言わないのだ。まだまだずっと、痛みは続いているから。

アリツィアが痛みを抱えていることをドロータは知っている。ドロータの痛みもアリツィアは知っている。

だからお互い、何も言わない。

結果、出てくるのは、舞踏会へのぼやきくらいになる。

「アリツィア様、結局は行かれるのですから、嘆くだけ時間の無駄ではありませんか？」

道具を片付けながらドロータは言う。アリツィアはクッションを抱きながら頷いた。

「ドロータが冷たい……しかもド正論だわ……わかっているのよ」

「帳簿に向かっているときとは別人ですね」

「だって嫌なんだもん」

口を尖らせたアリツィアに、ドロータは微笑みを浮かべた。

「それでも大人になりましたね……本当に嫌なら、アリツィア様は寝室から出てきませんから。あの頃は大変でした」

アリツィアの社交界嫌いの歴史を思い出して、ドロータは懐かしそうに笑った。若気の至りを指摘されたら、もう降参だ。アリツィアは渋々立ち上がった。

「わかったわよ、行くわよ」

ドロータは拗ねた主人を見送るために扉を開けた。アリツィアは階下に向かって歩き始めた。

「相手がジェリンスキ公爵家というところは気に入りませんが、お出かけになるのはいいと思います。もう、ずっと籠《こも》りっぱなしですし、眠れてないでしょう？　たくさんダンスを踊って、今日くらいぐっすり眠ってくださいませ」

「……うちの侍女はわたくしのことを本当によく見てくれているわ」

「それに、ミロスワフ様のエスコートですから嫌なことばかりじゃないでしょう？」

「だから鋭すぎ」

アリツィアは赤面した顔を見られないように歩調を早める。


ミロスワフが用意してくれた馬車に乗ると、予想外な人物が先に座っていた。

「アリツィアちゃーん」

「イザ様！」

ミロスワフの母イザだ。聞けばサンミエスク公爵は後から来るので一緒に乗ってきたそうだ。

「アリツィアちゃんに会いたかったの。大丈夫？　ちゃんと食べてる？」

「は、はい」

イザは飾らない口調でストレートに心配する。

「大変なときに舞踏会とか、めんどくさいわよね。ジェリンスキ公爵も察してくれたらいいのに」

「いえ……まあそうですね」

つられて本音を言うアリツィアがしまったと思う間もなく、イザは頷いた。

「適当に済ませて早く帰りましょうね。帰りはうちに寄っていかない？　いいお菓子があるの」

気持ちはありがたいが今のアリツィアにそこまでの余裕はない。なんと言って断ろうかと思っていると、おもむろにミロスワフがごほん、と咳をした。

「母上、離れて。近すぎる」

「いいじゃないの。久しぶりなんだから」

ミロスワフはイザを無視してアリツィアに話しかけた。

「アリツィア、今日のドレスもとても似合っているよ」

「え！　あの、その、ありがとうございます……」

いきなり褒められるとは思っていなかったので、アリツィアはしどろもどろになる。

うまく言葉にできなかったものの、ミロスワフが眩しそうに見つめるので、ドロータが頑張ってくれたことやこの色に決定するまでの長い道のりが報われた気持ちになった。

「こんなに美しいアリツィアをエスコート出来るなんて光栄だよ」

「ありありありがとうございます」

「可愛い、アリツィアちゃん、照れてる」

そんなことを話している間に馬車はジェリンスキ家に到着した。

「そういえば」

馬車から降りる際、イザが思い出したように言う。

「ジェリンスキ公爵は、今日、重大発表とやらをするみたいよ。何かしら」

アリツィアは胸騒ぎを覚えた。


今夜のジェリンスキ公爵家は、一言で言えば装飾過多だった。

入り口から大広間まで赤い絨毯《じゅうたん》が敷かれており、それに導かれるように大広間に入ると、すでに着飾った男女で埋め尽くされていた。皆派手な飾り付けの感想を言い合っているのか、うるさいくらいざわついている。

「これはまた……趣味が悪いな」

ミロスワフが顔をしかめた。壁際には歴代の大魔力使いの絵姿が飾られているのだが、色や構図に統一性がないので、単なる寄せ集めに見えるのだ。それだけではない。

「あの光は魔力なのですか？」

眩しさに目を細めて、アリツィアが聞く。天井付近に、小さな光が次々と現れては消えている。ミロスワフが肩をすくめた。

「そうだな。しかも、相当な魔力を必要とするものだ。魔力使いの消耗も激しいだろう」

「まあ……お気の毒な」

アリツィアにはわからないが、魔力を消耗したときの疲れは、回復にも時間がかかると聞く。

「何人かで休憩しながらできていたらよいのですけど……」

思わずそんなことを言うと、イザが扇で口元を隠して頷いた。

「あのときのうちの羽根みたいにすればいいのに。そんなに魔力がいらないから」

「そうなのですか？」

以前、サンミエスク家で行われた舞踏会で、天井付近にずっと浮いていた羽根のことだ。華やかで優美な演出だったので、かなりの魔力を必要としていると思ったのだが。

イザがふふふと笑った。

「種明かしすると、天井付近だけ空間を区切って、そこの空気を薄くして羽根を入れておくの。そうしたら勝手にふわふわ浮いてくれるから楽よ」

「まあ！　まったくわかりませんでしたわ」

「でしょう？　この花もねえ……」

イザにつられてテーブルに視線を向けると、細くて枯れそうな花にリボンを巻いて置いているのが見えた。率直に言って貧相だ。

「これはどういう意匠なのでしょう？」

ミロスワフが花をひとつ手に取った。

「花の周りの空気を取り除いて、色を維持させたかったんじゃないかな？　中途半端だったのか、途中で魔力が切れて枯れてしまったようだ。君が前に付けていた乾燥花に対抗したんじゃないか？」

アリツィアはまさか、と思ったが、ラウラならあり得ると思い直した。

「大丈夫だ。僕がいるよ」

ラウラのことを思い出し、ふと憂鬱な気分にとらわれたのを読んだかのように、ミロスワフが微笑んだ。

——そうだわ。一人じゃないもの。

アリツィアはその微笑みを嬉しく受け止めた。

「なんかわたくし、邪魔ね」

そう呟いたイザだが、すぐ傍に知り合いの貴族を見つけたらしく、挨拶にいく。

「あら、カミンスキ伯爵、ごきげんよう。いらしてたの？」

「……ごきげんよう」

そそくさと去ってしまう相手を見て、アリツィアは不思議に思う。

——そういえば、いつもはすぐ人に囲まれるイザ様とミロスワフ様なのに、今回はそんなことないわね？

こちらから声をかけるばかりで、それもすぐに立ち去ってしまう。皆アリツィアたちをチラチラ見ているのだが、目が合うと気まずそうに逸らすのだ。

——わたくしと一緒だから？

アリツィアは今さらながらそれに気付いた。イザとミロスワフに以前と違う点があるとすれば、アリツィアを伴っていることだ。

アリツィアは思わず身を固くする。すると。

「やあ、楽しんでますかな」

向こうから声をかける人物が現れて、アリツィアはホッとした。考えすぎだったのかもしれない。

しかし、その人物が誰かわかった途端、余計に緊張が増した。

「ご招待ありがとうございます。ジェリンスキ公爵様」

「ああ、いい、いい。そんな堅苦しいのは」

シモン・ジェリンスキ。

ジェリンスキ公爵家の現当主。ラウラの父親だ。でっぷりと太った体型ではあるが、やはりラウラに面差しが似ている。太い指に負けないくらい大粒のルビーの指輪をはめていた。ジェリンスキ公爵は、その指輪を見せびらかすように不自然に手を動かしながら、ミロスワフに問いかける。

「ご婚約されたとか」

ミロスワフはにこやかに答えた。

「お耳が早い。まだ正式に発表はしていないのですが」

「ほほう。由緒あるサンミエスク公爵も、御令息の代になってこれでは先行き不安ですな」

イザが片眉をピクリとあげる。

「どうしてかしら？」

「いえ、別に深い意味はありませんよ」

ジェリンスキ公爵は、無遠慮にアリツィアを上から下まで眺めた。

「だが、正直、魔力なしを家に入れるのは賛成いたしませんな」

「それはどういう」

「ミロスワフ様、わたくしは大丈夫ですから」

アリツィアは小声でミロスワフを制止した。ここでカッとなったら、相手を喜ばすだけだろう。人々の注目も集まっている。アリツィアは、イザに目で許可をもらってから、ジェリンスキ公爵に話しかけた。

「初めまして、ジェリンスキ公爵様」

「ほう」

ジェリンスキ公爵の顔が好色に染まった。アリツィアは嫌悪感を隠しながら続ける。

「アリツィア・クリヴァフです。魔力なしですが、どうぞよろしくお願いします」

「これは……まあ、外見は、大変な美しさですな。若いミロスワフ君が夢中になるのもわかる」

ニヤニヤと自分を眺める視線から逃れたいと思いつつ、アリツィアは我慢に我慢を重ねる。

だがジェリンスキ公爵は、ぐるりと皆を見つめて大声で言ってのけた。

「だが、魔力なしなどはっきり言って役立たずだ。なあ皆さん」

アリツィアは耳を疑った。役立たず？　魔力がないだけで？

しかし、もっと信じられないことに。

「そうですわ」

「魔力がないなんて神に愛されていない証拠です」

「災いを呼ぶのではないでしょうか」

周りの貴族がそれに賛成し始めた。怒りを通り越して、アリツィアはぽかんとする。

——なるほど、そういうことですのね。

つまりこれは、アリツィアを——魔力のない者を糾弾《きゅうだん》する会なのだ。

舞踏会の参加者は、それに賛同する人選になっているのだろう。

「馬鹿馬鹿しい」

ミロスワフが小さくそう呟いたのが聞こえた。イザも白けたような顔をしている。

——そうだ、わたくしは一人じゃない。

アリツィアは、すっと前に出た。今までのアリツィアならここで耐えるだけだった。魔力がないのは本当のことだから。自分は一歩引かなければならないと思っていたから。

だが、今は違う。

そんな自分を受け入れてくれる人がいるのだ。ここで屈してはその人たちを自分から手放すことになる。

——怖い。でも。

きらびやかな場所で発言することは、アリツィアにとってやはり恐怖だ。怯えから震える手をアリツィアは、ドレスのスカートを握りしめることで誤魔化した。

ドロータが選んでくれた紫紺のドレス。

そうだ、ここにもわたくしを受け入れてくれる人はいる。

――魔力のあるなしなんて、関係ない。

アリツィアは背筋を伸ばして、声を張った。

「確かに魔力がないと不便なことはありますわ」

「だろう？」

ジェリンスキ公爵は嬉しそうに頷く。でっぷりとした腹が揺れた。

アリツィアは続ける。

「ですからわたくしたちは工夫することにしてますの」

「工夫？　はっ、悪あがきだな」

「ご覧ください」

アリツィアはドレスのスリットに手を入れた。

――宣伝になるかと、持ち歩いていてよかったですわ。

アリツィアが取り出した物を、ジェリンスキ公爵が眉を寄せて覗き込む。

「なんだ、それは？」

アリツィアは満面の笑みで答えた。

「発火装置ですわ」

「なんだと？」

「失礼します」

テーブルの上の枯れかけた花をすっと取ったアリツィアは、発火装置の先端を花に当てた。

カチカチ、と音を立ててトリガーを引く。

そして、細く息を吹きかけた。

カラカラに乾いた葉から一筋、煙が立った。枯れた花の先端が燃え始めたのだ。

「……え」

「まさか」

「火が？」

貴族たちのざわめきが、徐々に大きくなっていく。

茎の水分が残っていたせいかすぐに火は消えたが、アリツィアは発火装置を手に誇らしげに説明する。

「いかがですか？　これがあれば火種に苦労しませんの。今、大陸で大流行してますわ。我が商会で扱いますので、皆様どうぞよろしく」

興味深く見つめる貴族たちの視線を断ち切るように、ジェリンスキ公爵は、見下したような笑いを浮かべた。

「はん。子どものおもちゃだな」

「あら」

アリツィアは目の前の公爵に、吹雪のような冷たい視線を向けた。商品を馬鹿にされることは許せない。

「確かに魔力を使える方にとっては、おもちゃみたいなものかもしれませんわね」

視線だけでなく、声音も冷たい。何人かの貴族が息を呑む気配がした。

「ただ、魔力を使うとかなり消耗すると聞いておりますわ。疲れたときなど、これがあれば便利だと思いません？　使用人たちも火種の管理の苦労から解放されますわ」

ジェリンスキ公爵は吐き捨てるように言った。

「使用人のことなど知るか」

「まあ……」

アリツィアは気の毒そうに眉を下げる。

「まさか、公爵様ともあろうお方が、そんなことおっしゃるなんて？　からかってますのよね？　そんな、想像力が貧困でいらっしゃること」

「な⁉」

「使用人が喜んで仕える家は、繁栄しますわ。力やお金で繋ぎ止められるのはほんの一時期だけ。公爵様ほどのお人なら、使用人たちの気持ちを常に考えていらっしゃるはずですもの」

ジェリンスキ公爵がアリツィアを睨み付けたが、不思議と怖くなかった。

「神様はわたくしに魔力をお与えになりませんでしたが、代わりに工夫する力や、それを広める力を与えてくださいました。それも神の愛だと思っています」

「魔力なしの分際で偉そうに……」

じり、と、ジェリンスキ公爵がアリツィアに一歩近付いた。指輪のルビーが怪しく光る。が、すぐさまミロスワフが間に入る。

「私の婚約者に無礼は止めてくださいっ」

ミロスワフは、アリツィアの手から発火装置を受け取って、皆に見えるようにした。

「皆様、これはここだけの話ですが実はこちらの装置、王太子殿下や、王弟殿下も興味を示してらっしゃいます」

「何？」

「それだけではありません。殿下たちから直々に、これを城内に取り入れるよう陛下にご進言いただいているところです」

「本当ですの？」

アリツィアは目を丸くした。ミロスワフはアリツィアを見て頷く。

「君にも今夜伝えようと思っていたんだ。大変面白い、とのことだよ。近々、クリヴァフ商会に話が行くだろう」

「光栄ですわ……」

アリツィアは頬を押さえた。ジェリンスキ公爵は黙り込んだままだ。さすがに、王太子殿下や王弟殿下の名前を出されては、馬鹿にできない。

ジェリンスキ公爵が悔しそうに拳を握りしめていると、そこに。

「ごきげんよう、皆様」

ラウラが現れた。

「……ラウラ様」

雨に濡れた百合ことラウラ・ジェリンスキは、今夜も艶やかな装いだった。深い緑のドレスは肌の白さを引き立て、いつも以上に強調された胸の谷間には、大粒のエメラルドのネックレスが輝いている。

そのエメラルドに負けないくらい妖艶な笑みを浮かべて、ラウラは父親に声をかけた。

「お父様、ご歓談の途中ですけれども、そろそろ発表をいたしましょう。あの方、待ちくたびれていますわ」

「お、おお。そうだな」

なんだろうと人々の関心がラウラに向く。あの方？　アリツィアは胸がざわついた。

と、不思議なことが起こった。

「花が……!?」

「咲いてる？」

枯れかけていたテーブルの上の花がみるみるうちに生き生きと咲きだしたのだ。それだけではない。

「見ろ！　絵が！」

壁にかかっていた歴代の魔力使いたちが、絵の中で動き出した。

「どうなってるの？」

「すごい！」

極めつきは、天井で点滅していた光だ。点滅を止め、長い尾ひれをつけて、一気に降ってきた。

「光が……？」

「まるで光の雨のようですわ」

そんな魔力は聞いたことなかった。アリツィアは嫌な予感に身震いした。こんな魔力。これほどの使い手。まさか。そんなわけ。

「皆様、発表いたします」

ジェリンスキ公爵の弾んだ口調に、人々の注目が集まる。

「そんな……」

光の雨の中から、その人物は現れた。

黒髪、黒い服、灰色の瞳。

「この度、うちの娘であるラウラと、魔力使いのカミル・シュレイフタ様が婚約したことを報告いたします」

ジェリンスキ公爵の嬉しそうな声と共に、カミルが親しげにラウラの肩を抱く。

アリツィアは呆然とした。

ラウラとカミル・シュレイフタが婚約？

他の貴族たちも、予想外だったようで、祝辞の言葉が少し遅くなった。やがて。

「おめでとうございます！」

「素晴らしい組み合わせだ」

「さすがジェリンスキ公爵家」

天井から降り注ぐ光の雨のように、二人の婚約を祝う言葉が次から次へと投げ掛けられた。

ラウラは誇らしげに微笑み、カミルも薄く笑っていた。

呆然《ぼうぜん》としたアリツィアの隣で、ミロスワフが抑え目ながらも驚いた声を出す。

「どうしてあいつが？」

イザが小声で答える。

「魔力保持協会とがっちり手を組んでいることを表したいんじゃないかしら。さっきから気になっていたけどあの趣味の悪い指輪。赤いルビーは魔力保持協会のシンボルだって聞いたことあるわ」

「誇示したいわけですね」

それらすべて、アリツィアには聞こえていなかった。思うことはひとつだけだったから。ただひとつのことで、頭がいっぱいになる。

コツ、コツ、コツ、と大理石の床を鳴らしてアリツィアは歩き出した。コツコツコツ……段々とスピードが速くなる。はやる気持ちを抑えられない。

ラウラの肩を抱き、大勢の貴族から祝福されているカミル・シュレイフタに向かって、アリツィアは一直線に向かっていく。

「アリツィア？」

ミロスワフが後を追ったが、アリツィアの方が早かった。アリツィアはもうカミルのすぐ前まで来ていた。腕を伸ばし、逃げないように上着の裾を掴む。

「何なさるの！」

ラウラがとがめたが、どうでもいい。アリツィアはカミルに詰め寄った。

「イヴォナは⁉　イヴォナはどこですの！」

「アリツィア、落ち着いて」

追いかけてきたミロスワフがなだめたが、こればかりは聞けなかった。カミルから目を離さず言う。

「不躾を承知で失礼いたしますわ。カミル様はまた消えてしまうかもしれませんもの。その前にわたくしの妹を出していただかないと」

ラウラが遮る。

「あなたの妹なんて知らないわよ」

「関係ない方は黙っていてくださいませ」

「な……」

周りがざわざわと騒ぎ出す。肝心のカミルは、嬉しそうにアリツィアを見つめていた。上着の裾を掴んだアリツィアの手を、自分から握る。ミロスワフが反応したが、いつの間にかそこにいたイザが止めた。

「……しばらくは様子を見ましょう」

カミルは嬉しそうに、アリツィアの手の甲に口付けた。それから微笑む。

「久しぶり、アリツィア。それともお姉ちゃんって呼ぼうか？」

「あなたの姉ではありませんので、どうぞ名前で。それより、イヴォナはどこですの」

「内緒にしたら怒る？」

「もう怒ってますわ、わたくし」

「それでこそお姉ちゃん」

アリツィアは片眉を高く上げた。カミルがわざとアリツィアが嫌がる呼び方をしたことに気付いたからだ。

「おい、お前、何をしてる、離れろ」

そんなアリツィアの腕をジェリンスキ公爵が引っ張ろうとしたが、カミルが止めた。

「邪魔しないでよ」

ジェリンスキ公爵は目を丸くする。

「カ、カミル様？」

カミルは思い付いたように公爵に言った。

「えーと、落ち着ける部屋、用意して？　アリツィアと話があるんだ」

「そんな女に耳を貸す必要などないかと」

「命令しないで。怒るよ」

「……サロンをどうぞ」

「ありがと」

カミルはアリツィアの手を引いて歩き出した。ミロスワフが追いかける。

「待て。私も行く」

ラウラも後を追った。

「わたくしもですわ。婚約者ですもの」

カミルは、アリツィアの手を取ったまま振り返った。

「ふーん、じゃあ、ミロスワフとラウラだけ。これ以上ぞろぞろ来たり、盗み聞きしようとしたりしたらすごく怒るよ」

それ以上追う者は誰もいなかった。

ジェリンスキ公爵家の自慢の豪華なサロンで四人は話すことになった。

「どうぞ」

ラウラが形式的にソファを勧める。すぐにカミルが一人で長椅子を占領する。ラウラも一人掛けのソファに腰を下ろした。アリツィアは焦る気持ちを抑えられず、自分とミロスワフが座る前に問いかける。

「イヴォナをどこに隠しているのですか」

カミルがのんびりと答えた。

「ということは、僕の家見張っているの、やっぱりお姉ちゃんたちなんだね？　止めてくれない？　家に帰れなくて困ってるんだ」

「イヴォナを返してくだされればすぐにでも止めますわ」

「返してもいいけど、まだ寝ているよ」

「寝ている？　イヴォナがですか？」

「僕がアギンリーをズタボロに攻撃したことですごく怒っちゃって、うるさいから今眠らせているんだ」

アリツィアは冷静を装って聞いた。

「……いつからですの」

「ずっと。あ、心配しなくていいよ。眠っている間はお腹も空かないし、年もすごくゆっくりしか取らない。そうだ、お姉ちゃんだって乾燥花を付けていたじゃない。それと一緒だよ」

「人間は花と違います……イヴォナを起こしてくださいませ」

「一緒だよ、花も人間も」

「でもわたくしにとってイヴォナはイヴォナですの。返してください」

「嫌だなあ」

「ラウラ様がいらっしゃるじゃないですか。イヴォナがいても邪魔でしょう？」

それまでぽかんとして話を聞いていたラウラが、ようやく口を挟んだ。

「ねえ、さっきから聞いてたらなんなの？　カミル様はこの女の妹を囲ってるの？　わたくしと婚約しながら？」

カミルは興味なさそうな視線を寄越した。

「関係ない人は黙ってて」

「なんですって！」

「カミル様、お言葉ですが、ラウラ様は無関係ではありませんわ」

他でもないアリツィアが反論したからか、ラウラが驚いたような顔をする。構わずにアリツィアは続けた。

「婚約者様もおられる以上、わたくしの妹など不要でしょう。ただ眠らせているだけならなおのこと。こちらで引き取りますので、どうぞお渡しください」

「そうなの？　婚約ってめんどくさいな。止めようかな」

「カミル様！」

ラウラが金切り声を上げる。

「カミル、お前のしていることはただの犯罪だ」

それまで黙って話を聞いていたミロスワフが、低い声で言った。

「ここでイヴォナを返さなければしかるべきところに出て、法的な措置を取る。いくら魔力使いでもこの国にいる以上、この国の法に従わなくてはならない」

「なんでミロスワフがそんなことを言うのさ」

「この国の民としてもアリツィアの婚約者としても、お前のしていることを見過ごせないからだ」

それを聞いたカミルは、面白くなさそうな顔をした。それから、ふっと笑った。

「じゃあ、アリツィアと二人だけで話をさせて。そしたらイヴォナを返したげる」

「二人？　それは」

「何もしないよ。話だけ。君たちはドアの前にでもいたらいい」

「だがお前は魔力が使える」

「そっちも魔力で防御しているんだろ」

その通りなのか、ミロスワフは黙った。アリツィアの決意に時間はかからなかった。

「ミロスワフ様、わたくしからもお願いします……ラウラ様もどうか」

わかった、とミロスワフが渋々頷く。ラウラも複雑な顔をしていたが、十分だけという条件で結局は受け入れた。

イヴォナを取り戻す。それだけの思いを胸に、アリツィアはカミルと二人きりになった。

✿ ✿ ✿

アリツィアとカミルが扉の向こうへ消えていき、続き部屋のこちら側にはミロスワフとラウラの二人が残された。仕切り程度の薄い扉を見て、ミロスワフは思う。あんなもの、破ろうと思えばすぐにでも破れる、と。

でも、行動には移さない。

カミルを信用しようとしているアリツィアのために。

本当にお人好しなのだ、我が婚約者は。つらい目にあったことがないわけじゃないのに。

「……なんなの、一体」

ソファに深く腰かけていたラウラが誰に言うともなく、呟いた。不機嫌さが眉間の皺《しわ》となって現れている。

「カミル様にせよ、ミロスワフ様にせよ、なんで皆わたくしよりあの女を優先するわけ？」

そりゃそうだ、とミロスワフは思う。

男というものは、簡単に手に入らない女が好きなのだ。ラウラのように、いくら美しくても家柄と地位さえあれば簡単になびくとわかる女には、興味を抱けない。面白くないのだ。

アリツィアを手に入れるために、自分がどれだけ苦労したか。全世界の男に見せてやりたい気分だった。僕の大切な人は、これほどまで苦労して手に入れる価値があるんだと自慢して回りたい。ミロスワフの周りで、サンミエスクの名前に動じなかった令嬢はアリツィアだけだ。

「ああ、そうだ」

ミロスワフは、ふと思い出して、礼儀正しくラウラに向き直った。

「ラウラ・ジェリンスキ様」

「な、何」

「いつぞやはお名前を存じ上げないなどと申し上げ、大変失礼いたしました」

サンミエスク公爵家で開かれた舞踏会でのことだ。アリツィアに無礼な態度を取ったラウラに、ミロスワフが言い返した一幕があった。

「今さら？」

ラウラがそう言うのも無理はなかった。ミロスワフも多少はそう思うからだ。小さく笑った。

「実はあの後アリツィアに怒られたんです。いつかきちんと謝るべきだと約束させられました」

アリツィアの名前を出すことで、ラウラの憎悪は深くなったようだ。ぎりり、と爪を噛む。

「結局はあの女の差し金じゃありませんの！　そんな口先だけの謝罪で、わたくしの気持ちが安らぐとお思い？」

「思いませんけれど、謝ったという事実だけが大事なので」

「本当になんなの⁉　あの魔力なしのどこがいいの」

「少なくとも貴方よりは」

「……言うわね」

父親の権威を借りられないラウラは、ただの小娘だった。

「過去の話は置いておいて」

「ちょっと！　話変えないでよ！」

ミロスワフは自分もソファに座り、魅力的だと自覚している微笑みを浮かべる。

「〝雨に濡れた百合〟であるラウラ様とカミル・シュレイフタが婚約した経緯を聞いても？」

「聞いてどうするつもり？」

「あの若い魔力使いが、どうやって社交界の花を射止めたのか興味ありますね」

ラウラは、まんざらでもなさそうに口角を上げた。

「お父様がお決めになった婚約ですの。わたくしもご本人には、今日初めてお会いしましたわ」

「ではまだ彼に恋をしていない？」

ラウラは声を立てて笑う。

「恋なんて、夫とするものじゃないでしょう？」

ミロスワフはラウラに同情の目を向けた。

「何よ」

「いいえ、なんでも」

カミル・シュレイフタがアリツィアに惹かれているのは間違いない。味方なのか敵なのかは未だ判断つきかねるが、少なくともアリツィアにひどいことはしないだろうと思うのはそれが理由だ。

カミルのアリツィアを見つめる、あの目。アリツィアは気付いていないようだが、あれは劣情と思慕を同時に抱く男の目だ。

ラウラがそれに気付いていないなら、それに越したことはない。

──カミルがいかに優秀な大魔力使い候補だとしても、恋愛に関してはただの子ども同然だ。今のところは。

「そろそろ十分じゃありません？」

沈黙するミロスワフにいらついたように、ラウラが部屋の壁に置かれている大きな時計を見た。

❦　❦　❦

カミルの後ろを付いて隣の部屋に入ったアリツィアだったが、なぜか吹雪の山奥に立っていた。

「どういうことですの？」

振り返ると扉はもうない。

雪が顔に当たり、髪やドレスの裾にどんどん積もっていく。不思議と寒さは感じなかった。

さっきカミルとミロスワフが言っていた、防御の魔力のおかげだろうか。

カミルは笑った。

「イヴォナを返して欲しい？」

「当たり前ですわ」

「じゃあ付いてきて。すぐだから」

アリツィアのドレスも靴も、吹雪の山道を歩くにはふさわしくなかったが、幸い、すぐに到着した。

石造りの立派な建物の前に立つ。

首が痛くなるほど見上げても全貌がわからないほどの大きさだ。

「お城ですか？」

「そんないいもんじゃないけど」

見つめるカミルの表情からは、何も読み取れない。焦れる思いでアリツィアは聞く。

「イヴォナはここで眠ってますのね？　早く入りましょう」

「タダじゃ嫌だよ。条件がある」

それを聞いたアリツィアは、カミルが発火装置の取り下げを要求すると思った。

――やっぱりそうですのね。発火装置が流行することで、魔力保持協会が不利益を被りますのね。

それなら受けよう、とアリツィアは思う。損失はかなりのものだし、力を貸してくれた皆のことを思うといたたまれない気持ちにはなるが、イヴォナのためだ。

元々、切り札にしようと動いていた部分もある。切れるときに切るから切り札なのだ。あとでどれだけ謝ってもいい。アリツィアは覚悟した。

「どうぞ条件をおっしゃってください」

カミルは、ゆっくりとアリツィアを見て、愛おしそうに微笑んだ。不覚にも、それを見たアリツィアが動揺するくらい、優しく。

「あのね、アリツィア。イヴォナを返してほしかったら」

カミルの口から出たのは、アリツィアの予想を覆す言葉だった。

「ミロスワフとの婚約を破棄して」

「……どうして？」

アリツィアは困惑する。

「イヴォナを返すことと、わたくしの婚約破棄が取り引きの材料になる理由がわかりませんわ」

「すぐに受諾してくれるとは思ってないよ。まずはこれを見て」

カミルは指をぱちんと鳴らした。アリツィアは自分の体がふわっと浮くのを感じる。

「え？　え？」

浮遊感は長くは続かなかったが、奇妙な感覚がアリツィアを包んだ。

「ここは……」

気付けば建物の中だった。先ほどのお城の中に移動させられたのだろうか。

だが、なぜか天井が近かった。

遥《はる》か上に吊られているはずのシャンデリアが同じ目線にある。

アリツィアは驚いて足元を見たが、そこには何もなかった。

「って、え？　まだ浮いてますの？」

「うん。見て、下」

アリツィアたちは、豪華な大広間の中央の上部の空間に浮かんでいた。

とはいえ、立っている感覚はある。例えるなら、透明な床の上にいるようだ。さらに、その大広間には、隅から隅までびっしりと、色とりどりの花が咲いていた。

足の踏み場もないくらいの花、花、花。

種類はバラバラで、季節外れのもの、同じ時期に咲くはずのないものが満開を誇っている。美しさと同時に、異様さを感じさせる光景だ。

「花があるから、ここに連れてきましたの？」

「だって踏めないでしょ？」

——踏めない？　何が？

その言葉に目を凝らせば、中央に、花に抱かれるようにして大きな寝台が置かれていることに気が付いた。

アリツィアは目を見張る。

「イヴォナ！」

寝台に寝かされていたのはイヴォナだった。

「下ろしてくださいませ！　イヴォナ！」

すぐそこにいるのに。もどかしさでアリツィアは、その場で床を叩く。

バン……バン！

手応えはあるが、変わらない。

「ダメだよ？」

アリツィアはカミルを睨み付けた。カミルは肩をすくめた。

「だから、下ろしたら踏んじゃうでしょ？　ダメなんだって」

カミルは、色とりどりの花を見つめて笑った。

「この花全部で、イヴォナの生命力を表しているんだ」

「生命力……？」

「うん、イヴォナの命を見える形にしたんだ。中々難しい魔力だよ」

アリツィアは背筋がゾワっとした。

じゃあ、この花が枯れるとイヴォナは……？

アリツィアの怯えた顔を見て、カミルは嬉しそうな声を出す。

「そう。花が枯れたり、折れたりしたら、イヴォナの体力が削られるよ。だから僕たち浮いているんだ。優しさじゃない？」

こんな状況を作っておいて、何が優しさだ。だが、なるべく刺激しない方がいい。アリツィアは感情を押し殺して言葉を紡いだ。

「……じゃあ早くイヴォナを起こしてください。イヴォナの生命力はイヴォナのものですわ」

「だから言ったじゃん？　ミロスワフと婚約破棄したら返したげるって」

「ですが……ミロスワフ様まで巻き込むわけには」

「じゃあいいんだね？　ほら一本」

カミルはためらいなく、隅に咲いていた大きめのダリアを指す。くにゃっ、とダリアが崩れ落ちた。

「やめて！」

「やめないよ、もう一本！」

今度は大輪の向日葵だ。これもすぐに朽ちる。しかも朽ちた花の周りから、巻き込まれるようにして他の花も枯れていった。アリツィアは思わず叫ぶ。

「やめてください！　イヴォナ！　イヴォナ！」

「婚約破棄する？」

「……」

それでもすぐに返事が出来なかったのは、この魔力使いの手を借りずにイヴォナを助ける方法がないかと考えていたからだ。なんとかして下に行って、イヴォナを抱きかかえて脱出する方法はないか――。

「しないんだ？」

隅から一斉に、すべての花が枯れ出した。

慌ててイヴォナに目を向けると、遠目からでもわかるくらい顔色が悪くなっていた。

「やめてください！　します！　婚約破棄します！　だからイヴォナを返して！」

「それでこそアリツィアだね」

アリツィアはもはや透明の床に手をついて倒れこむようにイヴォナを見つめる。

「イヴォナを……返してください」

アリツィアにとってイヴォナは、妹というだけでなく、この貴族社会を生き抜く同志だった。魔力なしの伯爵令嬢と揶揄される日々。それでもアリツィアは一人ではなかった。同じ立場のイヴォナがいたから。父と母から愛されて育った記憶を共有できるイヴォナがいたから。

イヴォナにしてもそれは同じだ。

姉妹は、お互いの幸福を考えることが当たり前だった。

——ミロスワフ様、イザ様。申し訳ございません。

新しく家族になれるはずだった人たちのことを思うと苦しくなる。だが、イヴォナをここで死なせるわけにはいかない。

「約束を守ったら返してあげるからね。ちゃんと皆の前で表明してね？　それからだよ」

ぱちん、とカミルが指を鳴らす。

アリツィアは顔を上げる間もなく、また移動させられていた。

❦　❦　❦

「アリツィア!?」

気が付けば、ミロスワフの腕の中にいた。

「ここは……」

「ジェリンスキ公爵家だよ。君とカミルが中々戻ってこないから、今にでも扉を蹴破ろうとしていたんだ。そうしたら突然君が向こうから倒れ込むように現れて気を失ったんだ」

「カミル様は？　一緒じゃないの？」

ラウラがイライラした様子で聞くが、アリツィアの耳には入ってなかった。アリツィアはすがるように、ミロスワフの顔を見上げる。

「……ミロスワフ様、お願いがございます」

「なんだい？」

その青い瞳を見つめると、知らずに涙がこぼれた。

けれど、言わなくては。

「わたくしとの……婚約を破棄してくださいませ……どうか……」

そしてアリツィアは再び気を失った。

❦ ❦ ❦

「アリツィアちゃん……アリツィアちゃん？　わかる？」

意識を取り戻したアリツィアの目に最初に飛び込んできたのは、心配そうなイザの顔だった。

「イザ……様」

出した声はかすれている。身を起こそうとしたが、ズキン、と頭が痛み、思わず身を固くした。慌てたようにイザが止めた。

「無理しちゃダメよ。まだ寝ていて」

イザは振り返った。

「水を持ってきてちょうだい」

ささっと人の動く気配がする。徐々に明瞭な意識を取り戻したアリツィアは、自分が寝台の上にいることに気付いた。

「ここは……」

「ジェリンスキ公爵家の客室よ。アリツィアちゃんが倒れたから、急遽《きゅうきょ》貸してもらったの。ミロスワフは別室でボレスワフと喋ってるわ。さっき到着したのよ」

ボレスワフとは、イザの夫で、ミロスワフの父、つまりサンミエスク公爵現当主のことだ。寝ている場合ではないのだが、思うように体が動かない。アリツィアは途切れ途切れに言う。

「ご当主様が……そんな、申し訳ありません……わたくしがしっかり、しない、から」

イザは困ったように眉を下げた。

「こんなときまで、あなた謝るのね」

「それは……だって、わたくしの……」

もういい、と言わんばかりに、イザは手のひらでアリツィアの瞼《まぶた》を覆う。

「目をつぶって。寝ていて」

その声は、不思議な安心感があった。使用人が水を持って戻ってきたときには、アリツィアは安定した寝息を立てていた。

一時間後。

ようやく起き上がれるようになったアリツィアは、イザに心配されながらも身支度を整え直し、ジェリンスキ家のサロンのソファに座った。

そこには、イザとミロスワフ、ボレスワフ、ラウラにジェリンスキ公爵が集まり、サンミエスク家とジェリンスキ家が一堂に会する格好となった。

アリツィアは、自分だけがそのどちらにも属していないことに胸を痛ませる。もうすぐ、自分もその一員になれると思っていた。だが、まずは頭を下げた。

「ご迷惑をおかけして申し訳ありませんでした」

「まったくだ。ラウラの婚約披露パーティなのに好き勝手しおって、挙句の果てに倒れるとは」

そう答えたのはジェリンスキ公爵だ。一人用のソファでは窮屈なのか、長椅子に座っている。

「アリツィアが謝ることはない」

ミロスワフが反論した。ジェリンスキ公爵が不機嫌そうに腹を揺する。

「しかしね」

「アリツィアは巻き込まれただけです。ラウラ様の婚約者であるカミル・シュレイフタがアリツィアをどこかに連れて行き、戻った途端倒れたんですから」

ムッとした表情のジェリンスキ公爵だったが、ボレスワフがいるせいか、それ以上何も言わなかった。

「冗談じゃないわ」

父親の代わりに口を開いたのはラウラだ。

「こっちから言わせれば、クリヴァフ伯爵姉妹がカミル様を巻き込んだのよ。自分たちに魔力がないから利用したかったんじゃない？　なにせあの方は大魔力使いに一番近いんですから。でもお生憎様《あいにくさま》。うまくはいかなかったようね」

「カミル・シュレイフタを利用したいのは貴方でしょう。浅ましい」

「なんですって」

「ミロスワフ」

ラウラとやり合うミロスワフを、ボレスワフが制した。両者とも、瞬時に口を閉じる。ジェリンスキ公爵とそう年齢は違わないはずなのに、鍛えた体をしたボレスワフは、若々しさと老練さの相反する二つの雰囲気を醸し出す人物だった。数回しか会った事のないアリツィアは、親しく言葉を交わしたことはなかったが、ミロスワフから漏れ聞く様子で家族を大事にしていることは感じていた。

今から自分が言うことで、イザや、ボレスワフにまで迷惑をかけると思うとつらかった。だが、言わねばならない。

約束したから。

アリツィアはゆっくりと口を開いた。

「ご迷惑をおかけしておきながら、こんな事を申し上げるのは慚愧《ざんき》の念に耐えないのですが」

全員がアリツィアに注目する。アリツィアは一言一言、絞り出すように告げた。

「……わたくしとミロスワフ様との婚約を破棄していただきたいのです。できましたら、それをすぐに表明してくださいませ。ミロスワフ様は何も悪くありません。すべてわたくしのせいです」

「ほほう？」

「アリツィア」

ジェリンスキ公爵とラウラが好奇に満ちた目を向けたが、ミロスワフが先にアリツィアの手を取ったことで何も言えなくなった。その青い瞳がアリツィアをじっと見つめる。

「理由を聞かせてくれないか？」

怒られても仕方ないのに、まずは理解しようとするミロスワフの態度にアリツィアは目頭が熱くなるのを感じた。だが泣いている場合ではない。約束を履行しなくては。

花が枯れる前に。

「……イヴォナがカミル様に囚われているのをはっきり見ました。イヴォナを返して欲しければ、ミロスワフ様との婚約を破棄しろ、そしてすぐに表明しろと……カミル様はおっしゃいました。ですから……」

「本当にそれはカミル様か？　そもそもクリヴァフ伯爵家は」

「今はアリツィアの話を聞きましょう」

ジェリンスキ公爵の言葉をミロスワフが遮断する。

「イヴォナ嬢はどうしていた？」

「寝かされていました。ただ、生命力をカミル様に支配されている状態です」

「なるほど。それを見せられたんだね。かわいそうに」

アリツィアは涙を必死で抑えた。

アリツィアほどではないが、サンミエスク家にとっても婚約破棄は醜聞になるのに、未だこの人は優しい。謝っても謝りきれないのに、こんなに優しくされるとどうしていいかわからなくなる。

ミロスワフがアリツィアの顔を覗き込むように聞いた。

「念のため聞くけど、僕が嫌になったわけじゃない？」

アリツィアは力強く頷いた。

「もちろんです」

「母上がうるさすぎて辟易《へきえき》したとか」

「……お母様と呼ぶ日を心待ちにしておりました」

「父上の顔が怖かった？」

「端正だと思いますわ……あの、ミロスワフ様？」

真剣さに欠けたミロスワフの応答に、アリツィアがようやく疑問を抱いた。ミロスワフは笑っていた。ミロスワフだけじゃない。ボレスワフも柔和な表情だ。イザだけが拗ねたようにミロスワフに言った。

「ミロスワフったら。旦那様の顔は怖くないわよ？」

「一般的には怖いですよ」

ボレスワフも異を唱えた。

「む……若い時はともかく、最近はそこが渋いと評判だ」

「どこの評判ですか」

「騎士団」

「父上以上にいかつい顔の集団から言われても」

当主の顔について論ずるサンミエスク公爵家を、ジェリンスキ公爵もラウラもぽかんと見つめている。

「……なんの話ですかな」

ジェリンスキ公爵は遠慮がちに水を差した。これは失礼、とボレスワフが答えた。ミロスワフが一同をぐるっと見回した。

「お聞きのように、カミル・シュレイフタの卑劣な要求で、アリツィアと僕は婚約を解消しなければいけません」

破棄ではなく、解消と言ったのはミロスワフの気遣いだとアリツィアは気付いた。どちらかに瑕疵があるから行われる婚約破棄と違い、婚約を解消するだけならどちらかに瑕疵があったことにはならない。必要なのは両家の同意だけだ。

けれど、アリツィアがミロスワフと結婚できなくなることに変わりはない。

「お気の毒ですな」

口先だけでそう言うジェリンスキ公爵を、ミロスワフは睨んだ。

「その原因を作ったカミルはここにいない」

「それが何か？」

「わかってらっしゃらないようですね」

ミロスワフはラウラを見た。

「カミル・シュレイフタはそちらのラウラ様の御婚約者でしたよね」

「ええ……まあ」

「では万一イヴォナ嬢が戻ってこなかったら、こちらに責任を取っていただきます」

「責任？　なぜ？」

「カミルの所在が不明だからですよ」

「だからなぜ」

それにはボレスワフが答えた。

「我がサンミエスク公爵家の嫡男の婚約解消は、ジェリンスキ公爵令嬢ラウラ嬢の婚約者、カミル・シュレイフタがイヴォナ嬢の安全と引き換えに要求したのですからな。息子の言う通り、イヴォナ嬢が戻ってこなければ、こちらに責任を追及する」

「もちろん、カミルがすぐに約束を履行すれば話は別です。あるいは」

ミロスワフはジェリンスキ公爵にも鋭い視線を投げかけた。

「ジェリンスキ公爵家が、イヴォナ嬢を見つけてくださっても構いませんよ」

「馬鹿な！　魔力なしの娘の一人や二人いなくなったからって何が問題なのだ。うちには関わりのないことだ」

「見苦しい」

そう言い放ったのはイザだ。ジェリンスキ公爵は驚きで目を丸くする。

「あら失礼」

イザが扇で口元を隠して続けた。

「未来の娘婿の尻拭い、ご苦労様ですわね」

怒りで真っ赤になるジェリンスキ公爵が何か言う前に、イザは片眉を上げて言い放った。

「けれど、覚えていてくださいませ。イヴォナ嬢が戻らなければ、サンミエスク家もクリヴァフ家も容赦いたしませんわよ」

「な……な……」

ジェリンスキ公爵ほどではないが、アリツィアも驚きを隠せなかった。

「あ、あの、皆様……？」

ミロスワフがいつもの笑みを浮かべる。

「婚約を解消しても、僕と君の関係は変わらない」

イザも頷いた。

「頑張って、イヴォナちゃんを取り返しましょうね」

ボレスワフも同意する。

「いくら実力者といえども、卑劣すぎる方法だ」

サンミエスク公爵家の人々の反応は、アリツィアにとっても予想外のものだった。


「それは……確かに予想外だったな」

「はい。驚きましたわ」

舞踏会の次の日、アリツィアは一部始終を父、スワヴォミルに話した。

本当はその日のうちに話したかったのだが、帰宅が遅くなったのでスワヴォミルの体調を慮《おもんぱか》って翌朝にしたのだ。

アリツィアが用意した温かいスープを飲み終えたスワヴォミルは、食器を下げさせたあと、再び枕に頭を深く埋める。体力が保たないのだ。

それでも眼の光は日に日に増してきており、回復の予兆に、アリツィアや使用人たちは胸をなで下ろしていた。

――ヘンリク先生のおかげだわ。

ヘンリク先生から送られた護符を身に付けてから、スワヴォミルの体調は目に見えてよくなった。

――それも、そもそもはミロスワフ様がヘンリク先生を、ご紹介してくださったから……。

そう思うとチクリと胸が痛んだが、すぐに前を向いた。

アリツィアの決意を読んだかのように、スワヴォミルがわずかに目を細めた。重々しい口調で話す。

「……ありがたいことだが、それに甘えるわけにはいかないな」

「おっしゃる通りです」

アリツィアの返事は軽やかだったが、スワヴォミルは窓の外に視線を流した。落葉した木を見つめたまま、スワヴォミルは続ける。

「婚約は、家と家の重要な契約だ。それをこちらから破るような真似をした。本来なら慰謝料を請求されても仕方ないのに理解を示してくださるのは異例だ。それを貴族社会が許すわけがない」

「はい」

「放っておけば、サンミエスク公爵家の信用にまで影響するだろう」

伝統を重視するこの国では、しきたりやルールを破ることは不利益でしかないのだ。そんなリスクのある行動を、サンミエスク公爵家にさせるわけにはいかない。

「お父様、ご安心ください」

アリツィアはスカートの上に置いた手を、父にわからないように強く握りしめた。

「わたくしからミロスワフ様の婚約破棄を申し出た以上、元の関係には戻れないこと覚悟しております」

スワヴォミルは何も言わなかった。やはり窓の外に目を向けていた。アリツィアは、父の横顔に向かって告げた。

「婚約破棄を正式に表明したら、イヴォナは戻ってくるはずです。それを見届けたら、フィレンツェに立つのをお許しください」

「……バニーニ商会か」

「はい。お祖父様は以前からわたくしかイヴォナにフィレンツェに来ないかとお声をかけてくださっていました。お役に立てるかわかりませんが、何か手伝わせていただけないかお願いしようと思っています。わたくし、商売から離れることが寂しかったのでちょうどいいですわ！」

「本当にいいのか」

スワヴォミルはアリツィアとしっかりと視線を合わせて聞いた。アリツィアは頷く。

「元よりご縁がなかったのです」

何かが喉の奥から込み上げてきたが、アリツィアは微笑みで上書きした。

「旦那様、アリツィア様、少しよろしいでしょうか」

スワヴォミルとの会話が一区切り付いたのを見計らい、ウーカフが丁寧に礼をして近付いてきた。アリツィアが振り返る。

「どうしたの？」

「実は、レナーテの具合がだいぶよくなりまして、旦那様とアリツィア様さえよろしければ、こちらに通してよろしいでしょうか」

「じゃあ、詳しいことが聞けるのね？」

腕の骨を折ったレナーテは、長い間寝たきりだった。スワヴォミルと同時期に回復してきたということは、何かの呪いがかかっていたのかもしれない。

ウーカフはスワヴォミルに尋ねる。

「もちろん、旦那様のご気分がよろしければですが」

「ああ、大丈夫だ」

ウーカフは一礼して部屋を出ていき、すぐにドロータとレナーテと共に戻ってきた。

包帯姿が痛々しいレナーテは、アリツィアが勧めた椅子に座り低い声で話し出す。

「この度のこと……イヴォナ様を守れず、誠に申し訳ございません……それに、スモラレク男爵様のご親戚だと嘘を付いたこと重ねてお詫びします。どんな罰でもお受けします」

スワヴォミルは、小さく頷いた。それを見たアリツィアはレナーテの正面の椅子に座り直し、その手を取る。

「いいのよ、事情があったのでしょう？」

レナーテのぎゅっと結ばれた唇が、ゆっくりと動いた。

「わ、私は、ここよりももっと田舎の、領地も小さな男爵家の生まれでして……」

さっきは落ち着いていた声を揺らしながらレナーテは続ける。

「父が投資に手を出して、失敗しました」

アリツィアはわずかに眉を上げた。スモラレク男爵家と同じだ、と思ったのだ。

「借金のために、父は何もかも売らなければいけませんでした……私のことも」

「そうだったの」

アリツィアは握った手に力を込めた。レナーテが顔を上げる。その顎は震えていた。

「どうなるかと思ったのですが、こちらのお屋敷でお世話になることができて本当によかった」

レナーテの目から涙がこぼれる。

「イヴォナ様もアリツィア様も、ご苦労されているはずなのに、魔力のあるどんな貴族のお嬢様たちより、お優しくて、強くて……勇気をもらいました……なのに……何もお役に立てなくて……私」

アリツィアはレナーテの言葉を優しく遮った。

「いいのよ、レナーテ。あなたが無事でよかった」

レナーテはそこから問われるがままに、イヴォナとレナーテがさらわれたときの状況や、カミルがどのようにレナーテを逃したのかをアリツィアたちに説明する。アリツィアたちは驚きながら一部始終を聞いた。

「まだ体がつらいのに無理をさせたわ。ゆっくり休んでちょうだい」

すべてを話し終えたレナーテを、アリツィアはそう言ってねぎらった。

レナーテが退出した後、部屋にはアリツィアとスワヴォミル、ドロータとウーカフの四人が残った。

アリツィアはスワヴォミルに問いかける。

「カミル様の狙いがわかりませんわね。お父様、どうお思いになります？」

「深い意図があるようでないのかもしれないな。思いつきで動くような男なんだろう？」

「以前はそうでしたけれど……」

ウーカフが珍しく口を挟んだ。

「僭越ながら申し上げますと、カミル様より、ジェリンスキ公爵家が厄介かと」

「どういうこと？」

「ユジェフとロベルトの話によると、ジェリンスキ公爵はあちこちでアリツィア様とイヴォナ様の悪評を立てているそうです」

「なんだと」

スワヴォミルが怒気を含んだ声を出す。ウーカフは同意するように頷いた。

「許しがたく存じます」

アリツィアはスワヴォミルと一瞬目を合わせた。普段、寡黙で実直なウーカフがここまで感情を言葉にすることはないのだ。

「ウーカフ、もしかして、怒っているの？」

「いえ、そのようなことはございません。許しがたいだけです」

それって怒っているんじゃ、とアリツィアが思っていると、

「よろしいでしょうか」

ドロータが断りを入れてから、口添えした。

「ウーカフ様は、わたくしたちのことをとても親身に思ってくださいます。お嬢様たちのことはもちろん、レナーテのことも」

ウーカフが静かに頷いた。

「私事ですが、そろそろ我慢の限界です。お話をうかがっていると、スモラレク男爵家や、レナーテの実家にジェリンスキ公爵家が関わっている可能性は高いのではないでしょうか。放っては置けないのでは？」

「そうね、その通りだわ」

アリツィアは深く頷く。

「このままにしておけないわね。うちだけのことじゃないもの」

その決意に、時間はかからなかった。アリツィアは何かに集中する目つきになった。

「そろそろジェリンスキ家を揺さぶりましょうか」

立ち上がって、微笑む。

「そしてカミル様を引っ張り出しましょう」

決意したアリツィアの行動は早かった。

「アリツィア様って、たまに思い切ったことしますよね」

報告に来たロベルトが、すっかり執務室と化したアリツィアの続き部屋でお茶を飲んでいる。

「そう？　ていうかたまになの？」

アリツィアはロベルトが持参した報告書に目を落としたまま答える。

「たまにっすね。舞踏会に出るときとかぐずぐずしてますから」

「ぶっ」

吹き出したのはドロータだ。アリツィアは顔を上げた。

「ドロータ？」

「……いえ、何でも」

ロベルトが助け船を出す。

「まあまあ、アリツィア様。ドロータは悪くないです」

ドロータが、さっとアリツィアとロベルトに焼き菓子を配る。

「ロベルト様、焼き菓子はまだありますから」

「あ、いただきます」

アリツィアは頬を膨らませた。

「そりゃ、確かに舞踏会に出るときはぐずぐずしたりドロータにうだうだ言ったりしているけれど、ロベルトがなぜそれを知っているの？」

ロベルトは焼き菓子に手を伸ばしながら答える。

「確かに、見たことはありませんけどね。舞踏会当日まで、散々愚痴ってるじゃないっすか。行きたくなーい、帳簿だけ付けていたいって」

「……そうだったかしら？」

「そうっすよ」

「うーん、いい香り」

どうも分が悪いので、お茶を飲み干すことに専念した。ドロータがおかわりを用意する。ロベルトの分も淹れながら、ドロータは聞いた。

「……ユジェフ様は、今日、いらっしゃらないんですか？」

「上司から回される仕事が多すぎて、二人同時に店を離れられなかったんっすよ。心配しなくても、次回はユジェフが来ますよ。交代で行くことにしたんで」

「し、心配とかしていませんから」

ロベルトの意味ありげな言葉に、ドロータがぎこちない態度で応じた。この二人、いつの間にこんなに仲良くなったのかしらと思うアリツィアだが、今はそれどころじゃない。報告書に目を通し、ため息をついた。

「ノヴァック男爵、カリシャー商会、ウラム伯爵……こうやって改めてリストにしたら、ジェリンスキ公爵家と繋がりがある貴族や商会は、赤字体質ばかりね」

「正直、それは僕たちも驚いてます。多いな、とは思ってましたけど、全部とは」

それらすべて、黒字化の目処も立たないのに、努力もしていないのだ。

ロベルトが頷く。

「ジェリンスキ家の名前をちらつかせるから仕方なく融資していましたけど、今回整理してよかったんじゃないすか」

アリツィアは数々の不愉快な対応を思い出した。

「こちらに魔力なしの娘が二人いるというだけで、勝手に自分たちの方が偉いと思い込んでいた取引相手ばかりね」

「下っ端とはいえ、この辺が倒れていくと、ジェリンスキ家への影響も大きいんじゃないですか」

「そうあってほしいわ」

ジェリンスキ家の威光を借りている貴族や商会は、自らも甘い汁を吸う反面、自分たちの収入もまたジェリンスキ家に吸い取られているはずだ。

今回クリヴァフ商会が行なった債務整理で、彼らはジェリンスキ家に融通していた資金を用意できなくなる。

「揃いも揃ってもう少し待ってくれとジェリンスキ家に泣きついたら、きっと気付くわよね。クリヴァフ商会の存在に。そうしたら、カミル様の居場所と交換で融通してもいい、とこちらから持ち出せる」

果たしてそううまくいくかが問題なのはわかっている。アリツィアはもうひとつの作戦を確認した。

「発火装置の販売はどう？」

「そちらは順調です。魔力がない庶民だけじゃなく、一部の貴族にも評判がいいです」

「そうなのね！」

発火装置の浸透は、魔力保持協会を揺さぶるはずだ。そちらからカミルを引っ張り出せればいいのだが。

アリツィアは無意識に唇を噛んだ。

すると、聞き慣れた声が響いた。

「それだけじゃ不十分じゃないかな」

「サンミエスク公爵令息！」

「ミロスワフ様？」

ミロスワフが入り口に立っていた。

「失礼。ウーカフに案内してもらったんだ。立ち聞きするつもりはなかったんだけど」

「まあ……こちらこそ気付かず失礼いたしました。どうぞこちらへ」

指し示した席に、ミロスワフはすぐに座らなかった。

向かい合ってアリツィアをじっと見つめている。

――というか、不意討ちすぎます！

アリツィアは思わず、ブルネットの髪を手で撫《な》で付けた。ずっと仕事をしていたから、髪が乱れているのではないかと気になったのだ。

——そうだ、服も！　今日会うのはロベルトくらいだと思っていたから油断しましたわ。わたくし、何着てましたかしら？

アリツィアがせわしなく髪や服に視線を落としているのを見て、ミロスワフは手を伸ばした。

「髪とか服とか、どうでもいいよ、アリツィア、こちらへ」

アリツィアが顔を赤くしてその手を取ると、ミロスワフは膝を折ってその手の甲に口付けた。

「久しぶり。我が元婚約者殿」

「ミ、ミ、ミロスワフ様！」

「ん？　どうかした？　ちゃんと婚約解消のことは覚えているだろ？」

「そうですけど」

しかしこれではしていないのも同然ではないか。

ミロスワフは立ち上がって、微笑む。

「クリヴァフ卿からいろいろ感謝とお詫びの言葉をいただいたよ。君が何を考えているかわかっているつもりだ」

ミロスワフは、アリツィアに一歩近付いて、小声で囁いた。

「僕から逃げられるとは思わないで？」

アリツィアはぎくり、と背筋を強ばらせる。

「いやですわ、ミロスワフ様ったら。何のことでしょう？」

とぼけて見せたが、それで引くミロスワフではない。

「誤魔化しても無駄だよ。伊達に四年間も喧嘩しながら文通をしてない」

——どうして。

アリツィアは、たまに不思議に思うことを、今も思った。

金髪に青い瞳、がっしりした体躯に魅力的な微笑み。公爵家嫡男。

——どうして、こんな完璧な人が、わたくしに執着してくださるのかしら？

ミロスワフはアリツィアの考えを読んだかのように、顔を近付ける。

「ひゃっ」

「君のことだ、どうせ、サンミエスク公爵家のためを思って身を引こうなんて考えているんだろう？」

お互いの睫毛の影さえはっきり見える距離。

「ち、近いですわ！　ミロスワフ様！」

アリツィアは仰《の》け反り、それならばとミロスワフはアリツィアの腰に手を回した。

「こ、腰、手！　腰！　ミロスワフ様、近い！　近いですって！」

「君が、そんなことないって一言言えば離れるよ？」

「そ、そ……」

——そんなことありますわ。めちゃくちゃそのつもりでした。

だが、今は己の正直さに従っている場合ではない。先ほどから、ドロータとロベルトが目のやり場に困った様子で、それでもこちらを凝視している。ウーカフに至っては、苦いものを大量に噛み潰した顔だ。

――万一、お父様がここに来たら？

アリツィアは、この場を逃れるつもりで、ミロスワフの望む嘘をつこうとした。

「そ、そ、そん」

腰に回された手の体温を感じられる。どこか心配そうなミロスワフの青い瞳の中に、自分が映っている。この人のためなのだ。

一緒にいるつもりだと嘘を言えばいい。そして何食わぬ顔をして、フィレンツェに行こう。それしかない。だって。

――だってわたくしには魔力がないのだから。

貴族でありながら魔力がないことは、アリツィアにとって決して抜けない棘《とげ》なのだ。

この人はその棘ごと愛してくれた。それで十分だ。

ただでさえ、非難されがちなクリヴァフ家の醜聞にこれ以上付き合わせるわけにはいかない。

アリツィアはしゃんと背筋を伸ばした。

「そんなこと」

「アリツィア？」

「そんなこと、ありませんわ……」

「アリツィア様⁉」

「お嬢様！」

見守っていたドロータやウーカフが飛んできた。

アリツィアはしくじった。

笑顔を作ろうとしたのに、頬を濡らす涙を止められなかった。

「ごめん、いじめすぎたね」

ミロスワフが強く抱擁した。

「君が嘘をつけないのを知っていたのに」

❧ ❧ ❧

「アギンリーだけどね、だいぶ元気になったよ」

その後ミロスワフはウーカフに睨まれながらも、カップ片手にそんなことを話した。

「よかったですわ！」

アリツィアは目を輝かせる。アギンリーのことはずっと心配だった。もちろん家を通じて見舞いや謝罪はしていたが、怪我が長引いていたので気になっていたのだ。

「まだ少し手足に不自由が残っているようだが、徐々に訓練も再開しているそうだ。やられっぱなしだったアギンリーの不甲斐なさを嘆いていたナウツェツィル将軍もホッとしていたよ」

「まあ。アギンリー様はイヴォナを助けようとしてくださったのですから。不甲斐ないなんてことはありませんわ」

「どうかな。本人も早く復帰して、今度こそイヴォナを取り戻すって息巻いていたよ。あいつも僕と一緒だよ。諦めるつもりなんてないからね」

アリツィアは思わず声が詰まった。ミロスワフはそれには気付かないふりをして、カップを置いた。

「そんなナウツェツィル将軍からの提案なんだけどね」

ミロスワフはソファの肘掛けに腕を乗せて微笑んだ。

「今後、ナウツェツィル家としては、ジェリンスキ公爵関連の物流の警備を断るそうだ」

「え？」

「元々、気が進まない仕事だったらしい。だが、息子をボロボロにしたカミル・シュレイフタを娘婿にした家に、手を貸せないとの判断だ」

「まあ……」

ミロスワフは呟いた。

「ジェリンスキ家はどんどん味方を失っているな」

「本当に」

「カミルに関わるとこれだ」

アリツィアはほんの少し、疑問を抱いた。

まるでカミルがわざと、ジェリンスキ家から手を引かせてくれているような？

まさかね、とアリツィアは静かにカップを持ち上げる。


クリヴァフ伯爵家を辞したミロスワフは、自宅に戻ってからイザにも今の状況を説明した。サンミエスク公爵家の名前を借りて動いている以上、報告を義務付けられているのだ。

「まあ、ナウツェツィル家まで」

イザは弾んだ声を出した。ミロスワフは疑問を口にする。

「嬉しそうですね、母上」

「だって。ふふふ」

「なんです？」

「困ったジェリンスキ家はどうすると思う？」

「クリヴァフ商会に抗議するでしょうね」

すでにミロスワフは、クリヴァフ伯爵家とクリヴァフ商会に見張りを手配していた。危害が加えられそうになったら寸前で阻止できるように。

イザは頷く。

「正解。でもそれだけじゃないの」

「と言うと？」

「うちにも助けを求めてきたのよ」

「まさか」

「本当よ」

イザが目を細めて笑顔を作る。

「旦那様が対応したけれど、さっきまでジェリンスキ公爵がわざわざいらしていたの。よっぽど追い詰められていたのね。クリヴァフ商会に文書で抗議しても聞く耳を持ってくれなかったから、多少なりとも付き合いのあるうちになんとかしてくれって泣きついてきたわ」

「どの面下げて来たんだ」

あまりの厚かましさにミロスワフは思わず言った。

「それでどうしたんですか」

「もちろんお断りしたわ。あなたとアリツィアちゃんはすでに婚約を解消しているもの。うちには関係ないと言ったら黙って帰ったわ」

黙らせたくせに、とミロスワフは思ったが言葉にはしない。イザは続ける。

「こうなると、王太子殿下と王弟殿下が改革派なのは大きいわね」

そう、ジェリンスキ公爵家がここまで周りから手のひらを返されているのには、それなりに理由があった。

王国の中枢でも、保守派の現国王コンスタンチン一世と、改革派のアレクセイ王太子殿下とフェリクス王弟殿下でうっすらと分断されている。ミロスワフやアギンリーを初めとする若い世代は、王太子殿下と王弟殿下の派閥に入っていた。

ミロスワフはためらいなく言う。

「魔力保持協会の言いなりになるだけの政治は、カビの生えた古い世代で終わりにしますから」

「言うほど、簡単じゃないわよ」

「わかっています」

ミロスワフ自身も、アリツィアと出会ってなければ、あるいは、先進的な大陸に留学していなければ旧態依然とするこの国のやり方に疑問を抱かなかったかもしれない。

でも、知ってしまった。

今までとは違う価値観を。

知った以上、知らない状態には戻れない。

そう思って少しずつ周りに呼びかけたら、同じ志の若い連中が集まってきた。

魔力に固執するジェリンスキ家は保守派の象徴であり、長い間権力を保持していたせいか、その足元が崩れていることに気付いていなかった。

最近になって慌てたのか、魔力保持協会とのつながりを強化しようと言われるまま高い札を買ったり、カミル・シュレイフタと娘を婚約させたりしたが遅すぎた。

イザが、そういえば、と付け足した。

「アリツィアちゃんのことはどうするの？」

「どうするとは？」

「あらやだ怖い顔。違うわよ、あの子のことは気に入っているわ。でも実際問題、婚約解消した相手ともう一度婚約するのはこの国ではまだまだめんどくさいことが多いでしょう」

ミロスワフは頷いた。カミルに対して法を説いた自分が、それを破るわけにはいかない。

アリツィアも、このままでは素直にもう一度ミロスワフと結婚する気にならないだろう。

「手は打ってあります」

「任せたわよ？」

「はい」

イザはほんの少しだけ、視線を遠くに向けて呟いた。

「あのジェリンスキ家がねえ……本当に時代の潮目が変わったのね」

「違いますよ、母上」

ミロスワフはいつの間にか母親をとうに越した上背で、告げた。

「変えているんです」

第8章　ふたつにひとつ

クリヴァフ商会が発売した発火装置の売れ行きはアリツィアの予想以上だった。

「よくやった、アリツィア。大成功だ」

売上の報告を聞いたスワヴォミルは寝台の上から言った。

「庶民も貴族も、高いお金を払って魔力が増える札を買うより、安価な発火装置を欲しがったわけだ。お前の目論見《もくろみ》通りだな」

スワヴォミルがここまで褒めるのは珍しいことなのだが、アリツィアは浮かれることなく答えた。

「ですが、その影響力を懸念した魔力保持協会から、発火装置への批判が出ましたわ」

「気にすることはない。一度浸透した便利なものを誰も手放したがらないさ」

傍にいたウーカフも言う。

「旦那様のおっしゃる通りです。それに加えて例の魔力が増える札は効果がないという噂だとか」

スワヴォミルが頷いた。

「ああ、購入した各国の王が続々と魔力保持協会を批判している」

アリツィアが思い出したように言った。

「それに関しては、ジェリンスキ公爵家が効果抜群だと声明を出していましたけれど」

スワヴォミルが鼻で笑う。

「没落しかけの公爵家のことなど、誰も信じやしないだろう」

もはやジェリンスキ公爵家にかつての威光はなかった。

だがどんなに発火装置が売れても、アリツィアとしては何も達成できていないも同然だった。

アリツィアの顔を覗き込んだウーカフが、そっと口を挟む。

「旦那様、お嬢様はお疲れのご様子。そろそろ休みになっては」

「そうだな、アリツィア、やっと私の体調が戻ってきたのにお前が倒れては意味がない。今日はもう早めに横になりなさい」

「はい……おやすみなさいませ」

ウーカフとスワヴォミルに口々に言われ、アリツィアは部屋に戻った。


「アリツィア様」

ドロータが鏡台に座ったアリツィアのブルネットの髪を櫛《くし》で梳《す》きながら言った。

「お休みになる前に、温めた牛乳でもお持ちしましょうか。よく眠れますよ」

「そうね、お願い」

一礼して出て行くドロータを見送ってから、アリツィアは鏡の中の自分にポツリと話しかけた。

「そんなに疲れているかしら」

もはや疲れていることもわからない。鏡の中の自分はいつもと同じに見える。気になるのはそんなことではないのだ。

「これじゃダメなのよ……」

発火装置が売れようが、ジェリンスキ家が没落しようが、それは目的ではない。

「イヴォナはどこなの？」

アリツィアは、鏡の前で背を丸くして俯《うつむ》いた。

すべてはイヴォナを取り戻す手段でしかないのに、イヴォナは出てこない。

ミロスワフに協力してもらい、魔力保持協会やジェリンスキ家にそれとなく聞いてもらったが、芳しい答えは得られなかった。どうやら本当に知らないようだ。

「寝なきゃね……」

睡眠など取れるはずはないが、アリツィアは自分まで倒れるわけにはいかないと、義務のように寝台に向かった。

だが。

「え？」

寝台の中央の上の空間に、あるはずのないものを見つけたアリツィアは目を丸くした。

「まさか……」

そこには、ふわふわと、突然現れて浮かんでいる——渦があった。

とっさにアリツィアは周りを見渡した。誰もいない。

渦だけ。

悩んでいる暇はなかった。ドロータが今にも戻ってくるし、こうしているうちに渦が消えてしまうかもしれない。

「待ってて、イヴォナ」

アリツィアは部屋着のまま、渦の中に飛び込んだ。

❦ ❦ ❦

渦から出たアリツィアは、自分が古いお城のようなところにいると気が付いた。

いつか連れて来られた雪の城の中だろうか。

あのときイヴォナが寝かされていた大広間ではなく、厨房のようなところに立っていたのですぐには判断つかなかった。人の気配がないのは同じだ。

アリツィアは窓からの月明かりで、部屋全体を見回した。

石造りの竈が立ち並び、年季の入った配膳場がいくつもある。広さは十分だが、何年も使われていないのか、鍋も杓《しゃく》もない。寂しげな雰囲気に満ちていた。

ゆらり。

不意に、アリツィアの影が揺れる。

振り返ると、カミルが部屋の入り口に立っていた。

「ようこそ」

魔力使いは、少し伸びた前髪の下から灰色の目を細めて微笑んだ。アリツィアは部屋着の裾を持ち上げて礼をした。

「ご招待ありがとうございます。こんな格好で失礼しますわ」

カミルは嬉しそうに答える。

「お姉ちゃんはいつでもどこでも何を着ていてもお姉ちゃんだよ」

「当たり前ではありません？」

カミルはそれには答えなかった。

だが、アリツィアが質問する前に一番知りたいことを教えてくれた。

「イヴォナでしょ？　こっちだよ」

アリツィアは小さく息を呑んだ。やっとだ。やっと返してもらえるのだ。

大切な妹を。

カミルの後に続いて廊下に出る。

「ここはカミル様のお住まいですの？」

勝手を知っている様子のカミルにそう聞いたら、小さく首を傾げた。

「そうとも言えるし、そうじゃないとも言える」

「どっちですの」

「小さい頃ここに住んでたんだ。一人じゃないよ、皆でね。今は使ってないから、僕がもらった」

アリツィアはその言葉を反芻《はんすう》した。それではここはもしかして。

――修力院？　でもその場所は秘密にされているはず。わたくしなんかに簡単に教えるはずないわ。

アリツィアの考えを読んだかのようにカミルが言った。

「あれはね、ひとつだけじゃないんだ。いっぱいある。これはそのうちの用無しになったやつ」

アリツィアは一瞬目を丸くした。

「……では、本当にここが……」

「ただ、所有しているけど今は住んでないんだ。だから僕の〝お住まい〟ではない」

アリツィアは静まり返った城内を歩きながら観察する。

石造りの簡素な城だ。防護には優れていそうだが、温かみというものがまったくない。優秀な魔力使いの卵たちとはいえ、ここで子どもたちがどんなふうに生活を楽しんだのかアリツィアには想像もできなかった。

と、カミルが立ち止まる。

「着いたよ」

突然、扉が開いて、色の洪水が現れた。

アリツィアは思わず目を閉じる。黒と灰色の世界に慣れていたので、鮮やかさに驚いたのだ。

しかし目を開けた瞬間、思わず叫んだ。

「イヴォナ！」

そこは以前イヴォナが寝かされていた大広間だった。花は変わらず咲いている。とっさに数を確認しようとしたが、数え切れないほど咲き誇っていたので、まずは胸をなでおろした。

ヤマユリや向日葵、ラベンダーなどの背の高い花が、本来の季節を無視して寝台を見下ろすように満開になっていた。その周りを背の低い花が絨毯のように広がって取り囲んでいる。

イヴォナが穏やかな寝顔を見せているのを、アリツィアは遠目から確認した。

しかし、よく見ればこの間とは違うドレスを着ている。

以前は確か、さらわれたときに着ていただろう控えめなドレスだったのだが、今回はかなり豪華な深紅のドレスだった。まるで舞踏会にでも行けそうな。

そこまで考えて、アリツィアは思い当たった。

——まさか。

カミルが嬉しそうに両手を広げて言った。

「気付いた？　アリツィアが置いていったドレスだよ。心配しなくても魔力で着替えさせたから。指一本触れてない」

アリツィアがカミルの家を脱出するとき置いてきたドレスだった。もはやどう使ってくれようと構わないが、イヴォナに着せているとなると話が違う。

「イヴォナを」

アリツィアは乾いた声を出した。

「イヴォナをわたくしの代わりにしようと？」

「違うよ」

カミルは明るく笑った。抑え切れないというように。

「髪の色が違うからね？　雰囲気が全然違う」

「じゃあなぜ着せましたの？」

「なんとなくだよ？　楽しかったんだ。アリツィアのドレスを着たイヴォナの寝顔を見るのが」

アリツィアは背筋がゾッとしたが、悟られないように平静を装ってカミルに言う。

「わたくし、ミロスワフ様と婚約破棄しましたわ。ご存じでしょう？」

「うん」

「約束を守ったのですから、イヴォナを返してください」

カミルは頷いた。

「もちろんだよ」

そうしてアリツィアの手を両手で握った。

「代わりにアリツィアがここにいてくれるんだろ？　ずっと一緒に暮らそう」

「そんな約束はしていませんわ」

自分でも意外なほどはっきりと、拒否の言葉が口から出た。この魔力使いには、ちゃんと言わなければ通じない。

アリツィアは背筋を伸ばす。

「条件は婚約破棄だけでした。それだけで十分だと思いますけど」

カミルは二、三度小さな瞬きをした。

「でも一緒がいいんだよ。前にも言っただろ？　アリツィアのこと気に入ったって」

「あのときもお断りしましたわ」

「え……？　でも……そんな」

アリツィアが断るとは思ってなかったのだろうか。カミルは意外そうにアリツィアを見ている。この思い込みの強さは、大魔力使いに近い自分の地位への傲慢さというより、もっと素朴な、カミル自身の幼さに由来するのではないだろうか。

そう思えば、この花だらけの大広間も、子どもの描く落書きに似たものを感じる。統一感がなく、季節に関係なく満開を誇る花、花、花。

思い付きで行動する子どものそれだ。

アリツィアは少しだけ声を柔らかくした。

「第一、カミル様にはラウラ様という婚約者様がいらっしゃるではありませんか。わたくしではなく、ラウラ様とこれからはともに過ごすのでしょう？」

「ラウラ？　誰だっけ。ああ、あの女の人」

イヴォナの寝台の周りに咲いている百合のような、艶やかで匂い立つ美女。ラウラ・ジェリンスキ。それをカミルは鼻で笑った。

「あの人に興味はないよ。頼まれたから婚約しただけ。いつでも破棄していいって言われているし」

頼まれている？　言われている？

その言い方が気になった。

「ジェリンスキ公爵様に頼まれたのですか？」

「まさか。あいつはただの哀れな駒だよ。言われるまま、いろんな犯罪に手を染めてさ。発覚するのは時間の問題だ」

カミルの淡々とした言いように、アリツィアはジェリンスキ公爵家が本当に没落に向かっていることを実感した。

「ではやはり……スモラレク男爵に融資をする代わりにレナーテを送り込んだのは、ジェリンスキ公爵様ですのね」

カミルは笑った。

「知ってたんだ。そうだよ？」

「お父様に呪いをかけたのも、そうでしょうか」

カミルは意外そうに眉を上げたが、すぐに頷く。

「そうだよ」

「どうして!?」

「アリツィアのせいだよ？」

「わたくし？」

「アリツィアがミロスワフと仲がいいことを知ったラウラが、ジェリンスキ公爵になんとかしてくれって頼んだんだってさ。ジェリンスキ公爵はクリヴァフ伯爵家とサンミエスク公爵家がくっつくのが怖くなって、レナーテを送り込んで呪いを発動させたんだ」

アリツィアは背中に氷水を浴びたような気持ちになった。

「レナーテを使ってですって!? じゃあ、お父様を呪ったのはレナーテですの？」

「本人は気付いていないよ。レナーテがクリヴァフ伯爵と接するたびに、少しずつ体力がなくなる呪いをかけたんだ」

アリツィアは呆然と呟いた。

「そんなことできる方、一人しかおりませんわ……」

「そうだよ」

カミルは誇らしげに続ける。

「それをしたのは僕だよ」

褒めて、と言わんばかりのカミルの笑顔にアリツィアは目眩《めまい》がした。

「ね？ アリツィア、僕ってすごいだろ？」

その言葉にアリツィアが頷くと思っているのだ。

「……レナーテに呪いをかけながら、イヴォナとレナーテがさらわれそうになったら助けたのはなぜですの？」

「いちいち、誰にどんな呪いをかけたのか覚えてないから。偶然だよ。レナーテも僕に呪いをかけられたことは知らないでしょう？」

アリツィアはわずかに眉を寄せて、唇をぎゅっと結んだ。

それから小さく息を吐く。

「……さっき、ジェリンスキ公爵のことを駒だとおっしゃいましたけど」

この若い魔力使いは何も考えていないのだ。

「あなたもそうですのね」

誰かの考えを代わりに遂行しているだけ。

「あなたも駒なんだわ」

❦ ❦ ❦

温かい牛乳を用意してアリツィアの寝室に戻ったドロータは、わずかな時間の間にアリツィアが姿を消したことを、すぐにスワヴォミルに報告した。

「旦那様！　大変です！」

話を聞いたスワヴォミルは即座にウーカフに命じる。

「サンミエスク公爵家に使いを！　早く！」

「かしこまりました！」

ウーカフが飛び出した後、スワヴォミルはまだ回復しきっていない我が身を忌々しく思いながら、絞り出すように呟いた。

「もうやめてくれ……頼む……」

❦ ❦ ❦

ミロスワフは、スワヴォミルから知らせを受けてすぐ魔力法学者ヘンリク・ヴィシュネヴェーツィキに手紙を書いた。

アリツィアの所在を捜すための協力を依頼するために。

だが呑気に返事を待ってはいられない。

真夜中にも関わらず、ミロスワフはジェリンスキ公爵家へ馬を走らせる。

クリヴァフ伯爵家には見張りを立てていた。外からの侵入者なら防げるはずだ。だけどアリツィアは消えた。魔力を使ったに決まっている。

「無関係なわけがない。なんらかの方法で連絡を取っているはずだ」

カミル、あるいは——魔力保持協会と。

「このままで済むと思うな」

怒りをあらわにしたミロスワフは、あっという間にジェリンスキ家に到着し、問答無用とばかりに中に押し入った。


「面白いこと言うね。僕は誰の駒なのさ？」

アリツィアの背後から大広間に向けて、ぶわっと、強く風が吹いた。

花たちが一斉に揺れる。

石造りの城の中、扉も開けていないのに風が吹き荒れるわけがない。

「魔力保持協会ですわ」

カミルが吹かせているのだ。

「理由は？」

「カミル様は、魔力保持協会に大切にされていません。それが理由です」

カミルは片眉を上げた。

「それだけで僕を駒呼ばわりするって言うの？」

また、風。

アリツィアは臆さない。乱れた髪を手で押さえて続ける。

「カミル様が言われたことに意義を持って、行動されているなら駒ではありません。でもそうではないご様子。ラウラ様との婚約のこともそうです。カミル様、結婚は大事な方とするものです」

カミルの表情がどんどん硬くなる。

「政略結婚なら政略結婚で、そこにどんな利があるかわかっているはずです。あなたにはそれがない。知らせる必要がないと思われているのではありませんか？」

——行き当たりばったり。思いつきで行動。でも寂しがりや。

カミルが幼いのは、誰も成長に手を貸してくれなかったからだ。

「失礼を承知で申し上げますわ。魔力保持協会は、カミル様の魔力以外の面を大切にしてくださらなかったのでは？」

カミルは目を見開いた。

「そんなの……」

ぼんっ！

ひときわ大きな音がして、風が吹き込んだ。

イヴォナの周りの花が飛んでしまわないか心配になったが、どれも頑張って根を張ってくれているようだ。

「そんなの当たり前じゃないか！」

ばん！　ばん！

立て続けに大きな音を立てて、あちこちの扉の蝶番《ちょうつがい》が外れた。風圧に負けたようだ。

「だって僕の価値は魔力だろ？　僕は魔力保持協会に生かされているんだ」

その声に悲痛さはなかった。当然のことなのになぜわかってくれないかと、もどかしさだけが込められていた。

それゆえ、聞いている方の胸は痛んだ。

「それをわたくしに言いますの？」

アリツィアは両足を踏ん張って叫んだ。

「魔力なしのわたくしは、こうやってちゃんと生きてますわ！　イヴォナも！」

アリツィアはイヴォナの生命力の塊である花々を見る。

一輪一輪、輝くように咲いている。

アリツィアはカミルに届くように言葉を選んだ。

「ご両親と離れて、ずっと修力院暮らしではそう思うのも仕方ないかもしれませんが――」

しかしカミルは勝ち誇ったように言い返した。

「何言ってんの？　両親も家族も僕にはいないよ。というか、魔力使いたちは全員そんなものいない」

「そうなのですか？」

天涯孤独な身の上でなければ魔力使いになれないのだろうか。そう思ったアリツィアだったが、カミルの答えは予想を超えていた。

「記憶を消されるんだ」

カミルは人差し指で自分の頭を指す。

「魔力が強くて見込みのある子どもは、修力院に入るとき記憶を消される。親のことも、本当の名前も知らない」

そして笑った。

気付けば風は止まっていた。

「でもそれでよかったよ。魔力使いになれたんだから。親なんていらない。記憶なんて邪魔なだけだ。そうだろ？」

アリツィアは息を呑んだ。今聞いたことが信じられなかった。

――記憶を消される？　魔力使いになるために？

『魔力保持協会は人間らしい生活をあえてしないことで魔力を高めさせる』

ミロスワフがいつか言っていたことを思い出す。

だが、記憶を消すと言うのは、それ以上のことではないだろうか。

――それではまるで。

アリツィアの声はかすれていた。

「駒ですら……ありませんわ……」

言葉が途切れるのを、必死でこらえてカミルを見つめる。

「人形ですわ、それ」

カミルは、ぐいっとアリツィアの手首を掴んだ。

「痛っ」

アリツィアは小さく声を上げたが、カミルは何も言わずにアリツィアを灰色の目で見つめる。

そして唐突に離した。

アリツィアの手首にカミルの指の跡がうっすらと残る。

「……どうしてわかってくれないのさ」

カミルは不満そうに呟いた。

「アリツィア、選んでよ、ふたつにひとつ」

アリツィアは返事をしなかったが、カミルは続ける。

「ここで死ぬか、魔力のあるふりをして僕と生きるか、ふたつにひとつ、選んで」

「わたくしを、殺しますの？」

「殺したくはないよ、でもそうしろって言われているんだ」

「魔力保持協会に？　やっぱり人形じゃありませんの」

不思議と怖くなかった。むしろ哀れに思えた。同情などしている場合ではないとわかっていたが、それでも。

「魔保持協会は君を欲しがっているんだ。君かイヴォナか、両方でもいいんだけど、なんとか説得して君だけにしてもらった。だから行こう、僕と」

――魔力保持協会がわたくしを？

「欲しがるとはどういう意味ですの？」

「魔力の増える札、知ってるでしょ？」

「もちろん」

「あれ、はっきり言って嘘っぱちなんだよ」

予想はしていたが、魔力使いに堂々と言われるとは思っていなかった。

「じゃあ、どうしてそんなものを作ったんですの？」

「さあね。でも、こんなに皆、文句を言うとは思ってなかったのは確かだよ」

アリツィアはミロスワフが言ったことを思い出す。

――人々の意識が、時代が、変わった？

それで魔力保持協会の権威が薄れてきたのか。

「そこで君の出番だよ」

カミルは立ち上がって言った。

「魔力なしで貴族の君が、あの札を手に入れてから魔力が使えるようになったと言えば大きな宣伝になる。君が言えば皆信じるからね。正直者のクリヴァフ家のアリツィア」

アリツィアは即答する。

「嫌ですわ、そんなこと」

「どうして？　魔力持ちの仲間入りができるチャンスだよ」

さっきアリツィアが言ったことを全然わかっていない。アリツィアは眉をひそめた。

だが、カミルは気付いていないようで熱弁する。

「心配しなくても、僕が全部カバーしてあげる。アリツィアの傍にいつもいて、アリツィアが魔力を使っているように見せかけてあげる。そのために婚約破棄してもらったんだよ」

不自然な婚約破棄の強要は、そのためだったのか。アリツィアはようやく合点がいった。

「断る理由ないでしょ？　君はもう魔力が使えないことで悔しい思いはしない。僕は次の大魔力使い《クリャートン》だからね。意地を張るなよ、魔力なしなんてつまんないだろ？　さあ、僕と一緒に、魔力のあるふりをしよう」

ぱちん、とカミルが指を鳴らした。寝台のイヴォナが、ふわり、と眠ったまま浮いた。

「それとも正直に生きて、ここで死ぬ？　断るってそういうことだよ。イヴォナも見殺しになるよ」


カミルがアリツィアに二者択一を迫っていたのと同じ頃。

ミロスワフはジェリンスキ公爵家の玄関に立っていた。

「公爵に会わせていただきたい」

「だ、旦那様はもうお休みになりました！」

執事が慌ててそう言ったが、ミロスワフは強引に進む。

「悪いが起きてもらう」

「おやめください！」

「緊急だ、許せ」

「お客様、どうか！」

執事や侍女たちが次々と止めたが、ミロスワフは魔力で自分に壁を作り手出しできないようにした。

そして。

「な、なんだ！　いきなり！」

「何なの！　この人！」

「おくつろぎ中失礼します。ジェリンスキ公爵。こちらも急用でして」

ジェリンスキ公爵の寝室に辿り着いたミロスワフは、形だけの挨拶をして中に入る。

愛人らしき若い女性と寝ていたジェリンスキ公爵はそのでっぷりした体に、急いでガウンを羽織って尋ねた。

「き、君はサンミエスクの？　なぜこんな時間に？」

ミロスワフはそれには答えず、すっと剣を抜く。

「きゃあ！」

「きききき君、待て、話し合おう」

滑稽なほど動揺するジェリンスキ公爵を無視し、ミロスワフは女性にだけ言った。

「早く服を着て出て行きなさい。あなたを巻き込むつもりはない」

「ひ、はい」

彼女は床に落ちていた服を手に、続き部屋の扉の向こうに消えた。

「さあ、公爵。これでゆっくりお話しできますね」

ミロスワフはジェリンスキ公爵の喉元に剣を突きつけて低い声を出す。

「カミル・シュレイフタをすぐにここに呼び出してください」

なんらかの方法で連絡を取っているはずだ。手順を踏んでいる時間はない。

ジェリンスキ公爵は震えながら叫ぶ。

「よ、呼び出す方法はない！　本当だ！」

「嘘をつけ」

「嘘じゃない！」

「ではどうやって今まで連絡を取っていた？」

「それは……」

ジェリンスキ公爵の視線が動いたのをミロスワフは見逃さなかった。視線を追うと、枕元のテーブルの上に、公爵ご自慢の赤いルビーの指輪が無造作に置かれていることに気付く。

――赤いルビーは魔力保持協会のシンボル。

ミロスワフはいつか聞いたことを思い出し、それを手にした。

「あ！」

ジェリンスキ公爵が慌てた声を出したが、ミロスワフは確信する。

「なるほど、これで連絡を取るんですね。では、今すぐに、カミルの居場所を教えてくれと言ってください」

「む、無理だ」

ミロスワフは黙って剣を近付けた。公爵は、ひい、と小さく叫んでから説明する。

「いつも向こうから一方的に指示が来るだけなんだ！　こちらからは何もできない」

ミロスワフは眉を寄せる。嘘をついているようには見えなかった。

「それが本当なら、あなたも思った以上に哀れな存在ですね」

「なんだと？」

ミロスワフは目だけであたりを見回した。

大きなルビー。だけど実際は命令を押し付けられるだけの道具。

目の玉が飛び出るほどの金額の、魔力が上がる札。だけど効果はない。

この屋敷はそんなもので溢れている。

「なんでもできるどころか、実際は縛られている。私にはあなたがとても不自由に見えます」

怒鳴りつけたいのを我慢しているのか、ジェリンスキ公爵のこめかみがピクピクと動く。ミロスワフは構わず続けた。

「どうして踏みとどまらなかったんですか？　どこかで踏みとどまっていれば、こんな結果にはなっていなかったのに」

「な、なんだと？」

「言いなりになって、周りを不幸にして、娘の婚約まで使って手に入れたのがこんな偽物の札だとは。十年前なら価値を見出せたかもしれませんが、今はもうダメです。無駄な買い物でしたね」

「貴様……黙って聞いていれば！　ひっ！」

堪えきれず叫ぶジェリンスキ公爵にミロスワフはさらに剣を近付け、心底残念そうに言った。

「あなたのしてきたこと、数々の証拠が集まっています」

「証拠……まさか」

「これが最後の命乞いの機会です。カミル・シュレイフタ、あるいは魔力保持協会の場所を吐くなら命だけは助けてもらえるように王弟殿下に進言しましょう。どうしますか？」


閉ざされた雪の城でアリツィアは、できるだけ落ち着いた声を出すように努めた。

「カミル様、以前も申し上げたはずですわ」

動揺を見せるな。押し切れ。

「これではふたつにひとつになりません。まずはイヴォナを戻してください。その上で、わたくしが死ぬか魔力が使えるふりをするかを選ばせてくださいませ」

カミルはちょっと思い当たる顔をした。

「そうだった、アリツィアは頭が悪くないのを通り越して可愛くなかったんだっけ」

「可愛くなくて結構ですから、イヴォナを返してください。もちろん生命力を元に戻して。でなければ、うちの父がカミル様に何をするかわかりませんわ」

カミルは少し考えた様子だったが、やがて、小さく頷いた。

「わかった」

答えると同時に右手を高々と上げ、ぐるぐると回した。その動きに合わせて、花たちも回り出した。浮いているイヴォナに向かって。

向日葵に薔薇に百合にラベンダーにアザミに、スイートピー。

数えきれない種類の花が、だんだんと小さくなってイヴォナの胸の中に消えていく。意思を持って行進しているみたいに。こんなときなのにアリツィアは目を奪われた。

自然界では決して見ることのできない光景。

やがてカミルは、ぶんぶんと大きく腕を振った。

「またね」

イヴォナが足元から煙のように消えていく。

「イヴォナ……」

アリツィアの呟きは小さいものだったが、カミルは嬉しそうに振り向いた。

「ちゃんとクリヴァフ邸に帰ったよ。さあ、選んでよ。ていうか、決まってるよね？　僕と暮らそう。魔力のあるふりをしよう。難しいことなんて何もない」

「いいえ、ここからやっと選べるのですわ。ふたつにひとつを」

「頑固だなあ」

花もイヴォナもなくなった大広間は、ただただガランとしていた。カミルはその中央に足を踏み入れた。くるりと回って笑う。

「いいこと教えてあげようか？」

「絶対にいいことに思えませんけど、どうぞ」

「魔力がない貴族なんて今までいっぱいいたんだよ」

「……は？」

その内容を理解するまで、しばらく時間がかかった。

「魔力がない人間なんていっぱい……いた？　庶民のことですか？」

「違うよ？　貴族だってば」

「ですが……」

カミルは得意そうに説明した。

「貴族が庶民に産ませた婚外子なんて、魔力なしだらけだよ。皆魔力があるふりをして生きていたんだ。だからクリヴァフ伯爵は笑いモノにされたんだ。正直者だって。気付かなかった？」

「まさか」

「それがホントなんだな」

そんな馬鹿なこと、あるわけない。

そんなことがあるなら。

アリツィアたちの苦労はなんだったのだ。

母ブランカの苦労は？

皆、魔力がないのにあるふりをして、正直なアリツィアたちを笑っていたのか？

「君たちは貴族なのに、権力にしがみつかなかったから悪いんだ。すでにある権力には逆らわないのが無難だよ」

カミルは笑った。心底楽しそうな笑いだった。

「クリヴァフ伯爵は、すべて覚悟の上だったんだろうけど、思ったより壁が厚かったんじゃない？　商人としては成功したけどさ。ま、そのおかげで今からアリツィアが魔力保持協会の役に立てるんだからよかったよね」

アリツィアは足元から崩れ落ちそうになるのを必死でこらえた。

カミルは思い出したように言った。

「ねえ、あのスープ、もう一度作ってよ。イヴォナに頼んだのに、アギンリーを瀕死にさせたから作ってくれなかったんだ」

アリツィアはそれには答えなかった。代わりに、カミルに一歩近付いた。

そして、思い切り手を振り上げる。

パンッ！

小気味いい音を立てて、アリツィアはカミルの頬を叩いた。

アリツィアの目は燃えるようだった。

「いい加減になさいまし！」

カミルは呆けたように自分の頬に手をやっていたが、ハッとしたように向き直った。

「なんだよ⁉　いきなり」

「あなたが怒るのは、わたくしにではありません！」

「は？　何それ？　言い逃れなら、もっとマシなこと言えよ」

「あなたが怒るべきなのは、魔力保持協会です！」

人の人生をもてあそんだのは誰だ？

魔力なんかのために、子どもを親から離して記憶まで消したのは誰だ？

なんのために？

ちっぽけな権威のために。

——わたくしたちは、もっと怒っていい。

アリツィアは畳み掛ける。

「どうして、どちらかでなくてはいけないの？　どうしてふたつにひとつなんですの？　魔力があっても、なくても、正直に生きる世の中を一緒に作りましょうよ。自分に嘘をつかなくていい世界を」

しかし、カミルはハッとしたように目を見開いてから、指をパチンと鳴らした。

「……そんなの綺麗事だ」

「そんなこ――」

「もういいよ」

「ふっ……うっ……ぐっ」

「残念だよ、お姉ちゃん」

アリツィアは突然呼吸ができなくなった。息が吸えない。苦しい。

「言ったよね？　死ぬか魔力があるふりか、どちらかを選んでって」

「……ぐ……」

朦朧《もうろう》とする意識の中、アリツィアはミロスワフのことを考える。これが最後の記憶になるんだとどこかで思いながら。

――ミレク。ミレク。そう呼びたかった。

記憶の中の青い瞳が心配そうに揺らぐ。

魔力のあるふりしていたら、ミロスワフとは出会えなかった。

魔力なしで生きてきた自分を認めてくれた人たちだっていた。

何より、魔力がないのにあるふりをしても、それはわたくしじゃない。

――でも、どうしたら……いい……の……かしら。

アリツィアの体から力が抜けていったその瞬間。

アリツィアが肌身離さずつけていた護符が――光った。

「わっ！」

カミルが驚いた声を上げた。

「何これ？」

魔力を緩められたのだろうか、アリツィアは呼吸できるようになった。激しく咳き込む。

「……っ……ゴホッ」

荒い呼吸の中でアリツィアは、ミロスワフが渡してくれたあの護符が部屋着のポケットの中で光っているのを見た。

カミルが眉をひそめる。

護符から放たれた光はひときわ大きくなり、今や部屋全体を包んでいた。

明るいけれど眩しくない光。

カミルはそれに向かって腕を上げたり指を擦ったりしているが、うまく魔力が発動しないようだった。

「嘘だろ？　どうなってんだ」

アリツィアはぼんやり考えた。そうか、カミルだって、魔力が使えなくなることがあるんだ。

――そうですわね、魔力が使える人と使えない人がいるのなら、いっそ。

いっそ。

こんなふうに憎しみ合わなくてはいけないくらいなら。

「……ていい」

「え？」

——魔力なんてなくていい。

「わっ！　なんだ!?」

光が一層強くなり、カミルを包んだ。

光はすぐに消えたが、アリツィアはぐったりとしたまま動かなかった。

「なんだったんだ今の。アリツィア？」

カミルがアリツィアの様子を見ようとしたそのとき。

「……こっちだ」

「どこだ？」

複数の人の声が遠くから聞こえた。やがて足音も。

誰かがここへ向かっているのだ。

「なんでだ？　簡単に入れないようにしていたはずなのに」

呟いてからカミルはハッとした。

思うように渦も出せず、この城に張り巡らしていた結界も効果を失っている。

「……ヴィシュネヴェーツィキの仕業か？」

チッと舌打ちをしながら、カミルはアリツィアを抱き起こそうとした。しかし、意識がないアリツィアをカミルはなかなか持ち上げられない。

「重っ！　人ってこんなに重いの？」

カミルが体勢を立て直そうとしていると、

「ここだ！」

「見つけたぞ！」

大人数が大広間に踏み込んできた。

「よりによってあいつかよ！」

その言葉通り、カミルは大嫌いな顔を先頭に見つける。

「カミル・シュレイフタ！　もう諦めろ！」

ジェリンスキ公爵からこの場所を突き止めたミロスワフがアリツィアを助けにきたのだ。

カミルは仕方なく一人で逃げようとした。アリツィアをその場に放置して、カミルは床下の隠し通路の扉に手をかける。しかし。

「逃すかっ！」

寸前でミロスワフがカミルの肩を掴んだ。

さらにナウツェツィル家が派遣した兵たちが周りを取り囲んだ。

「離してよ！」

「誰が離すか」

ミロスワフはアリツィアが床に倒れているのを目にして叫ぶ。

「アリツィアに何をした!?」

「知らないよ。僕もそれどころじゃな――」

バキッ！

平然と言い逃れようとしたカミルの頬を、ミロスワフが殴る。

「痛い！　なんなのさ君ら！　もう、ほんと、なんなの？　二人して！」

「アリツィアに何をしたのか聞いている」

「何もしてないよ。何か光ってそれっきり」

一人の兵がアリツィアの様子を確かめ、ミロスワフに報告する。

「息はあります！」

ミロスワフは少しだけ呼吸を整えた。カミルの手首をぐいっと掴む。

「来い！」

「痛い！　痛いって！」

魔力で対抗されると思っていたのに、呆気なくバランスを崩すカミルにミロスワフはまさか、と呟いた。

「……魔力が使えないのか？」

「知らないよ！　一時的なものだと思うけど」

「まあいい。念の為これで拘束する」

「何それ」

「ヘンリク先生が開発した綱だ。これで縛るとその間、魔力が使えないらしい」

「嫌だよ！　そんなの」

「お前に拒否権はない」

カミルは心底絶望したように呟いた。

「……魔力が使えなくなるなら死んだほうがマシだ……いっそ殺してくれよ」

ミロスワフは必要以上に強い力で、カミルを後ろ手に縛った。

「痛い！　やめてよ！」

「また殴られたくなかったら黙ってろ――そして覚えておけ」

「何をだよ！」

「魔力なんてなくても人は尊いってことを」

「……」

「そんなこともわからないガキにアリツィアの隣に立つ資格はない」

ミロスワフは低い声で、しっかりと言った。

それらすべてを。

床の上で、動けない状態で、アリツィアは聞いていた。

意識はあるのに体が動かない。動きたい。声を出したい。今すぐ。今すぐ。伝えたい。あの人に。私を助けてくれたあの人に。

アリツィアの瞼がわずかに動く。

「アリツィア様！」

アリツィアの傍にいた兵が叫んだ。

もう少し。あと少し。アリツィアは必死で力を振り絞る。

「ミ……」

「アリツィア！」

捕縛したカミルを兵に託し、ミロスワフはアリツィアに駆け寄った。

アリツィアは喉の奥に力を込める。

「ミ……様」

「アリツィア！　ここだ！　僕だ！」

「ミレク様……」

「ああ、アリツィア！」

ミロスワフがアリツィアの顔を間近で見つめている。アリツィアは薄く目を開けて言った。

「……ありがとう……ございます」

アリツィアはそれだけ呟いて、また眠るように動かなくなった。

「もう大丈夫だ、アリツィア」

ミロスワフはアリツィアをしっかりと抱き上げた。

クリヴァフ伯爵家へ彼女を無事に送り届けるために。

第9章　庭園の結婚式

アリツィアが目を覚ますと、心配そうに自分を覗き込むイヴォナの顔がそこにあった。

「アリツィアお姉様！」

「イヴォナ……なの？」

「イヴォナですわ、お姉様」

イヴォナの目は泣き腫らしたように真っ赤だった。

よく見ればそこはアリツィアの部屋だ。イヴォナは横を向いて叫ぶ。

「ドロータ、お父様を呼んできて」

「かしこまりました！」

スワヴォミルが駆けつけ、アリツィアは久しぶりに家族が揃ったことを噛み締めた。

助けられたアリツィアは三日間、眠り込んでいたらしい。

イヴォナは無事に戻ってきており、その間に健やかに回復していた。

アリツィアもみるみるうちに元気になり、クリヴァフ伯爵家はかつての平穏を取り戻した。

「お嬢様、ミロスワフ様がお見えになりました」

「サロンに通してちょうだい」

その後、まだ本調子ではないアリツィアを、ミロスワフは暇を見つけては見舞いに来てくれた。忙しいだろうに、とアリツィアは申し訳なさでいっぱいになるが、本人は意に介さない。

「忙しくないと言えば嘘になるけどね」

アリツィアの向かい側でカップを持ち上げながら、微笑む。

「アリツィアがここにいることを確かめたくなるんだ」

照れもせず言われてしまうと、言い返せなくなる。ウーカフが真横で苦虫を噛み潰しまくった顔をしているが、ミロスワフは気にせずカップを置いた。

「でも、もう少ししたらヘンリク先生の手伝いで、しばらく大陸に行かなくてはいけないんだ。寂しくなるけど、また手紙を書くよ」

「大変なときですので、ご無理はなさらないでください」

「書きたいんだよ」

「……はい」

魔力保持協会が発行した札の効果がまったくないことに怒りを覚えて、各国の王や貴族たちが抗議の声を上げていた。

かねてから魔力保持協会のやり方を批判していたヘンリク先生は、率先して腐敗を明らかにし、改革を行おうとしていた。

ミロスワフはそれを手伝う立場にあった。

「危険ではありませんの？」

「根回しはしてあるからね」

底の見えない目つきでミロスワフが笑い、アリツィアはそれ以上何も聞かなかった。俯いて、気になっていることを口にする。

「……カミル様は、もしかして大陸におられるのでしょうか」

「どうだろう。あの後もずっと魔力が使えない様子だったから遠くにはいけないはずだが」

ミロスワフが捕らえたとき魔力が使えない状態だったカミルは、そのまま牢《ろう》に閉じ込められたのだが、いつの間にか脱獄していた。

「……魔力が戻った可能性は？」

「いや、ヘンリク先生はそれは難しいと言っている。むしろ、協力者がいたんじゃないかな？それか口封じに殺されたか」

「そんな……」

それでは本当に使い捨ての駒ではないか。

ミロスワフはアリツィアを元気付けるように言った。

「そんなことにならないように、ヘンリク先生も気を付けて捜している。何しろカミルは多くの出来事の証人になるはずだからね……それにちょっと気になることがあるんだ」

「何ですの？」

「ヘンリク先生が魔力保持協会の非道を訴えることで、修力院に集められていた子どもたちが解放されることになったんだが、不思議なことにいくつかの修力院ではすでに子どもたちが親元に返されていたんだ」

「え？」

「親が言うには、突然家の前に我が子が現れたと。ご丁寧に身分を証明する書類付きで」

「子どもたちはどういうふうに証言しておりますの？」

「覚えていない、と」

「不思議ですね……」

「ああ、まるで誰かが我々の先回りをしたみたいだ」

アリツィアはある仮説を思い浮かべてミロスワフをじっと見つめた。ミロスワフも同じことを考えているのだろう、黙って首を振った。

「確証がない。それに奴がそんなことをする理由がない」

「……ふたつにひとつをやめたのではないでしょうか」

アリツィアはぽつりと呟く。わかっている。ミロスワフの言う通り確証のない話だ。だとしても。

「どちらにせよ、子どもたちにとっては喜ばしいことですわ」

「ああ。そんな扱いを受けていたとは知らなかった親がほとんどだ。魔力保持協会への非難はさらに高まっているよ」

「よかった……」

ミロスワフはそんなアリツィアを見て、独り言を漏らした。

「……ガキがガキじゃなくなったら、ちょっと手強いかもしれないな」

「何かおっしゃいました？」

「いや……アリツィア」

ミロスワフはアリツィアの手に手を重ねた。

「大陸から戻ってきたら、僕たちの結婚式を挙げようと思うんだがどうかな」

「へ……？」

思わず声をあげた。ミロスワフはにっこりと笑う。

「どうして驚くのかな」

「だって、わたくしたち……その……」

気持ちはありがたいが、やはり一度婚約を破棄した間柄である以上、簡単には頷けない。なんといって誤魔化そうかと思っていると、ミロスワフが笑みを崩さずに言った。

「君、僕から逃げてバニーニ商会に行くつもりだろ？」

ギクリとしたアリツィアを、やっぱり、と頷いた。

「君のお父様とお祖父様に許可はもらってある。婚約解消した相手ともう一度結婚するのがダメだというなら、アリツィア・バニーニとして僕と結婚しよう」

「はい？」

気付けば、部屋にはアリツィアとミロスワフの二人しかいなかった。ウーカフもドロータもいつの間にか退出していた。

——気を利かせたのかしら？　ということは皆、ミロスワフ様がこの話をすることを知っていた……？

分が悪いことを感じながらアリツィアはしどろもどろに言う。

「ですが、わたくし、商人になるわけですし……とても公爵家と釣り合うとは……」

「商人と貴族の結婚を僕たちも継いだと思えば、悪くないだろ？」

アリツィアは思わず目を見開く。ミロスワフは満足そうに微笑んだ。

「君のお父上がお母上と結婚したから君がいる。それ以上のことはないよ」

「ミロスワフ様……」

「違うよ、ミレクだよ。あのときみたいにそう呼んでほしいな」

「む、無理ですわ」

一度だけミレクと呼べたが、そこからはまた恥ずかしくて呼べずにいた。

「じゃあ、ミ様でもいいよ」

ミロスワフはアリツィアの手を取って、その甲に口付けた。

祖父と養子縁組を結んだアリツィアが、改めてミロスワフと婚約したのはその二週間後だった。

❦ ❦ ❦

アリツィア・バニーニとミロスワフ・サンミエスクの結婚式は、この国では珍しく庭園で行われた。

純白のドレス姿のアリツィアに、〝陽だまりのスイートピー〟の名に相応しく淡いピンク色のドレスを着たイヴォナが話しかける。

「まさかお姉様が商人としてお嫁に行くなんて考えていませんでしたわ」

「わたくしもよ」

アリツィアは、向こうでスワヴォミルや祖父母に絡まれているミロスワフを遠目に見て頷いた。イヴォナが冷やかすように言う。

「お義兄様って、お姉様に関しては本当に強引よね」

「言わないで」

イヴォナはくすくすと笑った。と、そこに。

「イヴォナ、ここにいたのか」

捜していたのか、アギンリーがホッとしたようにイヴォナの隣に立った。この二人の結婚の話も順調で、アギンリーはもうすぐ家督を弟に譲り、クリヴァフ伯爵家を継ぐ予定だ。

「あなたこそ人のこと言えないんじゃない？」

片時もイヴォナから離れないアギンリーを見て、アリツィアが仕返しのようにからかう。イヴォナが拗ねたように口を尖らせた。

「お姉様ったら」

そんな表情は子どもの頃と変わらない。

アリツィアは、アギンリーに小さく頭を下げた。

「イヴォナとお父様をお願いしますね」

アギンリーは背筋を伸ばして答えた。

「何よりも大事にします！」

「アギンリー様ったら……」

イヴォナがさっきとは違う、大人の女性の表情で照れたように下を向く。変わらないようでいて、もう子どもではないのだ。

気持ちのいい風が吹き、アリツィアはあたりを見回した。

ムナーリ翁とイザが楽しそうに何か話しているのが見える。ユジェフとロベルトがドロータとレナーテと話し込んでいる。今日のために呼ばれた絵描きのダヴィドがキャンバスを持ってうろうろしている。

幸せだった。

ここにいるすべての人が愛おしかった。

だからこそ、余計に思わずにいられない。

魔力を失った魔力使いが今どうしているかと。

「心配ないよ、奴はきっと大丈夫だ」

いつの間にかアリツィアの隣にもミロスワフがいた。何を、と聞く前にミロスワフは耳元で囁いた。

「どんな相手でも僕から君を奪わせないように、生涯努力すると誓うよ」

ミロスワフはその青い瞳で真っ直ぐにアリツィアを見つめた。

「幸せをずっと一緒に作っていきたいんだ」

アリツィアはミロスワフの胸の飾り——乾燥花が少し曲がっているのを手で直しながら頷いた。

「もう、十分幸せですわ」

「それは僕もだけど」

ミロスワフがアリツィアの腰を抱く。

イヴォナがクッションがあれば抱きしめかねない様子でジタバタした。

「いいですね、それ！　花嫁さんと花婿さん、ちょっとそのままこちらを向いてください」

ダヴィドが目を輝かせてキャンバスを立てた。

一年後。アリツィアは青い瞳とブルネットの髪の女の子を生んだ。

駆けつけたミロスワフは涙ぐんでいた。

「なんて可愛い……ありがとう……ありがとう……アリツィア」

「ミレク……いいえ」

ミロスワフと一緒にその小さい手を見つめながら、アリツィアは微笑んだ。

――この子に魔力があってもなくても、関係ない。ただ愛するだけだわ。

そう胸を張れるくらい、世の中も変化していた。

❦ ❦ ❦

エミリアと名付けられた子は、すくすくと成長した。

「エミリア、あまり遠くに行っちゃダメよ」

「はい、お母様」

だけどある日エミリアは、転がる鞠《まり》を追いかけて庭園の外れに向かった。

と、そこに寂しそうな男の人が佇んでいた。

エミリアにはそれが誰かすぐにわかった。だから申し出た。

「お母様ならあちらにいらっしゃいます。わたくしが案内しますわ」

「……僕がお母さんに会いに来たって、どうしてわかったの？」

「聞いていましたもの、お母様のお友だちの話。あなた、井戸の魔力使いでしょう？」

「君は？」

「エミリアよ」

「そうか」

男はそれだけ話すと、すうっと消えた。

《fin》

あとがき

初めまして。作者の糸加《いとか》と申します。

この度は『魔力のないオタク令嬢は、次期公爵様の一途な溺愛に翻弄される』を手に取っていただき本当にありがとうございます。

この『魔力のないオタク令嬢は、次期公爵様の一途な溺愛に翻弄される』は、第2回プティル小説大賞にて「プティルノベルス小説大賞」を受賞させていただいた作品であると同時に、私にとってウェブで書いた小説の第一作目でもあります。

それだけに思い入れが強く、こうやって一冊の本となり皆様の目に留まることができて本当に幸せです。感無量とはこのことです。

私は普段わりときっちりプロットを立てる方なのですが、この作品だけは例外で、とにかく登場人物たちが元気に動き回れることを第一に書き続けました。

貴族なら魔力があって当たり前の世界で「魔力なし」に生まれたヒロイン・アリツィアと、妹のイヴォナ。時には貴族社会で冷たい視線にさらされながらも自らを恥じることなく胸を張る彼女たちは、作者である私の常識も覆す行動を繰り広げます。え、そこ、飛び込むの!? え、そこで泣かないの!? というように。

そんなアリツィアを理解し、包み込むヒーローがミロスワフです。ミロスワフ自身は魔力のある高位貴族なのですが、「魔力なし」のアリツィアとの愛を真っ直ぐに育みます。「魔力なし」のアリツィアは、自分がいることでミロスワフの足を引っ張るのではないかと内心気にしたりしますが、ミロスワフはそのようなことはまったく全然これっぽっちも気にしていません！　そんなミロスワフのアリツィアへの溺愛は、この素敵なカバーイラストからも汲み取っていただけると思います！

鳥飼《とりかい》やすゆき先生、最高にかっこいいミロスワフと最高に可愛いアリツィアを本当にありがとうございます。アリツィアとミロスワフの関係性を見事に表現してくださっていて、ラフの段階から感動いたしました。

書籍化に際し、ミロスワフの行動と、カミルという謎めいた人物の行動を加筆しました。ウェブ掲載時よりミロスワフのアリツィアへの愛情がさらに濃く伝わるかと思います。アリツィアとミロスワフの真っ直ぐな恋物語を、楽しんでいただけたら嬉しいです。（あとお邪魔虫ながらも作者的にはどこか憎めないカミルもよろしくです）

最後になりましたが、ご助力くださいました担当編集者様、編集部の皆様、出版、デザイン、流通などでこの本に関わってくださるすべての皆様、そして、この作品を見出してくださいました第2回プティル小説大賞の運営スタッフの皆様、ウェブの頃から読んでくださった読者様、さらに、いつも暖かく見守ってくれる家族、支えてくれる友人たち。

皆様のおかげでこの本が世に出ました。

心からお礼申し上げます。ありがとうございます。

そして、巡り巡って、この本を手に取ってくださっている読者様に、今一度深く感謝を。

ありがとうございます。

あなたに選んでいただけて、とても光栄です。

《参考文献》
『帳簿の世界史』（文藝春秋）ジェイコブ・ソール（著） 村井 章子（翻訳）

プティルブックス

魔力のないオタク令嬢は、次期公爵様の一途な溺愛に翻弄される
2023年1月3日　第1刷発行

著　者　糸加　©ITOKA 2023
発行人　鈴木幸辰
発行所　株式会社ハーパーコリンズ・ジャパン
東京都千代田区大手町 1-5-1
03-6269-2883（営業部）
0570-008091　（読者サービス係）
印刷・製本　中央精版印刷株式会社

Printed in Japan K.K.HarperCollins Japan 2023
ISBN978-4-596-75813-2

※本作はWeb上で発表された小説『魔力のない伯爵令嬢は二者択一に悩まされる』に、加筆・修正を加え改題したものです。